シェフは強欲につき

秀 香穂里

15503

角川ルビー文庫

JN264196

目次

口絵・本文イラスト／水名瀬雅良

ぴんと張り詰《つ》めた空気。

暖房《だんぼう》がまだ入っていない静かな店内を見回し、御園克哉《みそのかつや》は深く息を吸い込んだ。

麻布《あざぶ》の一角にある老舗《しにせ》のフレンチレストランとして名高い、『ロゼ・ノワール』の副支配人として、今日が初仕事だ。

毎年、ロゼは一月七日が仕事始めになる。この日だけは通常の客を迎《むか》えず、昔から足を運んでくれる大の顧客《こきゃく》だけを招いてディナーをふるまう。

招待客は政財界から芸能界、スポーツ界と幅広《はばひろ》く、華《はな》やかで、それこそ一年のスタートを飾《かざ》るのにふさわしいスペシャルナイトだ。

「……開店まであと五時間か……」

午後二時、灯《あか》りの点《つ》いていない店内をゆっくり歩き回り、御園はひとつひとつのテーブルにそっと触《ふ》れ、正確に並んでいるかどうか確かめた。

二十八歳の若さで、御園が東京でも屈指《くっし》のフレンチレストラン、ロゼの副支配人の座を勝ち取ったのは、ひとえに、歳《とし》の若さにそぐわない冷徹《れいてつ》な采配《さいはい》力と徹底したサービス精神によるものだ。

本来ならば、どんなに若くても四十代、五十代になってようやく副支配人になれるかどうかというところを、御園は周囲があっと驚《おどろ》くようなスピードでいまの地位を築いた。

支配人が総監督《そうかんとく》なら、いわば副支配人というのは現場を取り仕切るトップだ。黒の上質なスーツに身を固め、清潔さと品格が漂《ただよ》う白シャツの襟《えり》も袖口《そでぐち》も、クリーニングから仕上がってきたばかりのぱりっとしたもので、いつ、どんな客も極上《ごくじょう》の微笑《びしょう》で迎え、それぞれの好みに合ったワインや、その日だけの特別な一品を提供する。

御園の気の細やかさに惚《ほ》れ込んでいる客は数知れないが、洗練された容姿に目を留める者も多いことは、御園自身がいちばんよく知っていた。

切れ長の目元に、笑《え》みを絶やさないくちびる。控《ひか》え目でいて、客に話しかけられればすぐさま笑顔を向ける御園には凛《りん》とした華やかさがあり、女性客ばかりか、男性客からもそれとない誘《さそ》いを受けるのはしょっちゅうだが、礼を失しない程度にやんわりと断る術《すべ》も、当然身につけている。

御園の家族は料理の世界とは無縁《むえん》で、両親、兄や姉ともに音楽の世界、クラシック界の住人だ。ただ、昔から両親が仕事で世界各地を渡《わた》り歩いていたため、幼い御園もあとをついて回り、世界各国の料理を味わい、小学校の卒業文集では、「将来の夢はレストランの支配人」と書いたぐらいだ。

このことに、両親は笑って許してくれたものだ。「うちに、音楽をやる奴《やつ》はもう十分にいるから、おまえは好きな道を選びなさい」と父が言ってくれたおかげで、御園はアメリカ、イギリス、フランスにドイツ、イタリアにスペインとありとあらゆる国々の料理を学び、突《つ》き詰めた結果、日本でも一、二を争う古い歴史を持つフレンチレストラン、ロゼに勤めることを決めたのだった。

フレンチの道を究《きわ》めるなら、本場フランスに行けばいいじゃないかという声がなかったわけではない。

だが、御園にとって、ロゼがもたらしてくれる美味と至福の時間というのはなにものにも代え難《がた》かった。

日本ならではの奥ゆかしさを持ちつつも、フレンチの王道を頑固《がんこ》に守るロゼに勤めて、早六年。副支配人の証《あかし》である黒の蝶《ちょう》ネクタイを身に着けた御園は、ちらりと袖口から見える腕時計《うでどけい》に目を落とした。

午後二時十分。

——そろそろ、あの男がやってくるはずだ。

落ち着いたオフホワイトの壁《かべ》にかかる絵と絵のあいだに、縁取《ふちど》りが素晴《すば》らしい大小の鏡がいくつも飾られているのが、ロゼの装飾《そうしょく》の特徴《とくちょう》のひとつだ。

その鏡に映る自分は澄《す》ました表情をしていながらも、これから初めて顔を合わせる男のために少しばかり緊張《きんちょう》している。

飯塚四郎《いいづかしろう》、二十八歳。若い頃《ころ》に渡仏《とふつ》し、シェフとしての厳しい修業《しゅぎょう》を積み、弱冠《じゃっかん》二十四歳の若さで三つ星レストランのシェフに起用されたときは、業界内外ばかりか、日本人の快挙としても大きなニュースになったものだ。

その男が、今日からロゼのシェフに就任する。

自分と同じ歳の男がどれだけの腕を持っているか、御園は過去、彼が勤めるフランスのレストランで二、三度、実際にこの舌で確かめていた。飯塚の料理は、ずば抜《ぬ》けて旨《うま》い。センスもいいし、伝統あるフレンチ料理をしっかりと生み出す才能を持っている。

本人に直接会ったことはないが、目の前に出された一皿、一皿で、飯塚の才能の深みがわかろうというものだ。

この業界にしては年若な自分たちがロゼという老舗を引っ張っていくために、表舞台《ぶたい》に駆《か》り出されたのには理由がある。それを思い返す前に、背後から、「御園くん」と支配人の呼ぶ声が聞こえてきた。

深呼吸をして振《ふ》り返れば、支配人の大橋《おおはし》の横に、大柄《おおがら》な男が立っている。暖かそうなチャコールグレイのタートルネックのセーターに、長い脚《あし》を引き立てるパンツがよく似合っている。

見た目の逞《たくま》しさはもとより、短髪《たんぱつ》の黒髪《くろかみ》をした男の堂々たる態度や、ある種ふてぶてしいとさえ思えるほどの精悍《せいかん》な顔つきに、多くの客を見慣れた御園も一瞬目《いっしゅん》が吸い寄せられた。手強《てごわ》そうなものを感じさせるまなざしが、まっすぐ、御園へと向かってくる。

──挨拶《あいさつ》もなしに、いきなり勝負を挑《いど》んでくるつもりか？

「こちらが、今日からうちのシェフとして勤めてくれる飯塚くんだ」

今年、還暦《かんれき》を迎えた大橋支配人の穏和《おんわ》な声に、御園はとっておきの笑顔を向けた。

「初めまして。副支配人を務める御園克哉です」

「アンタが御園さん？　写真で見るよりえらく美人じゃないか」

太く、艶《つや》のある声で、しょっぱなから「アンタ」呼ばわりされて、完璧《かんぺき》な微笑《ほほえ》みがぴくりと引きつる。

顔のことを言われるのが、御園にとってはもっとも嫌《いや》なことだった。おのれの容姿が平均以上に整っていることは熟知しているが、それを仕事の場で利用するつもりはない。

ロゼには、各界の著名人が集まる。いくら自分の顔がそこそこのものだろうとも、主役は客と料理であって、副支配人やギャルソンたちは彼らの引き立て役だ。

なのに、相手はそれを知ってか知らずか、男っぽさが強く出る顎《あご》を撫《な》で、値踏《ねぶ》みするように御園の頭のてっぺんから足の爪先《つまさき》までじろじろと眺《なが》め回してくる。

「その顔でレストランに勤めてるなんてもったいない。モデルにでもなったほうがよほど稼《かせ》げるだろうに」

「お褒《ほ》めにあずかり大変光栄ですが、顔で仕事するつもりはまったくもってありません。仮にも、今日から同じ職場で働く相手にいまの言葉は失礼ではありませんか」

斬《き》り込むような視線をさらりと流し、御園は冷静に言い捨てた。

これまで、多くの客に誠心誠意のサービスを提供してきて、無礼な態度を取る奴というのもそれなりに見てきたが、この飯塚というのは相当たちが悪い。

もっとも、若い頃から単身で海外に飛び、腕利《うでき》きのシェフたちが集《つど》うフランスで鍛《きた》え抜いてきた飯塚のキャリアを考えれば、初手からこれぐらいの挑発《ちょうはつ》は当然かもしれない。

「まあまあ、角を突き合わせるのはそのへんにして。きみらは偶然《ぐうぜん》にも同じ歳《とし》なんだし、新しいロゼのためにも仲よくやってくれよ」

苦笑いする大橋に、御園は内心ため息をついた。

彼の言うとおり、古きよき歴史を持つフレンチレストラン『ロゼ・ノワール』は、今日から新しいスタートを切る。新年の仕事始め、という意味合いだけではない。

格式高いフレンチとしてその名を知らしめるロゼだが、食材の高騰《こうとう》化や、長く続く不況《ふきょう》のせいで、客足はゆっくりと遠のき続ける一方だ。

なにしろ、ディナーでいちばん安いコースでも三万円はする。上は天井《てんじょう》知らずで、時価の一品、時価のワインも出せば、金額はいくらでも跳《は》ね上がる。

だが、それを喜んでくれる客がこの数年でがくんと減ってしまい、ロゼともつき合いのあるイタリアンや懐石《かいせき》の名店が続々と値段を下げ、腕はよくてもギャラの高いシェフや板前たちを切り捨てているという話を、御園も耳に挟《はさ》んでいた。

「それでも、ロゼはまだいいほうだ。昔からのお客様が月に二度、三度は来てくださるし、シェフの腕も安定している。だがねぇ、……やはり、このへんで新しい風を入れないと。味は二の次でも、値段がもっと安い店に追い越《こ》されてしまう」

大橋が深々とため息をつき、御園と、飯塚の顔を交互《こうご》に見た。

「きみたちのような若者が店の看板になることで、ロゼにも若い方たちがもっといらしてくださるよう、頑張《がんば》ってくれよ」

「かしこまりました」

その昔、御園がまだ幼い頃に、大橋はこのロゼでブラックスーツをぴしりと着こなし、完璧な采配《さいはい》でホールを仕切っていた。大勢の客の動きに終始気を配り、彼らがこちらに向かって手を上げる前に、テーブル付きのギャルソンが静かに赴《おもむ》く。

ロゼのシェフたちがつくる丁寧《ていねい》で繊細《せんさい》な料理にも惚れたが、大橋をはじめとしたギャルソンたちの洗練された立ち居振《いふ》る舞《ま》いに憧《あこが》れたというのも、ここに勤めたかった動機のひとつだ。

大橋の言葉に御園は軽く一礼したが、飯塚はまったく意に介《かい》さず、こっちをじっと見つめているだけだ。

無遠慮《ぶえんりょ》にもほどがある。沈着《ちんちゃく》冷静をモットーにし、どんな客にも紳士《しんし》的な応対と微笑みでもてなす御園も、スーツを透《す》かし、肌《はだ》にまで食い込んでくるような鋭《するど》い視線にはさすがにたじろぐ思いだった。

しかし、ここで怯《ひる》んでいられるか。

同じ歳で、しかもシェフという立場にある彼と新生・ロゼを創《つく》り上げなければいけないのだが、彼には日本人の美徳ともいうべき、「慎《つつし》み」や「謙虚《けんきょ》」といったスタンスがまるで頭にないらしい。このぶんでは、早々に他《ほか》のギャルソンやシェフとも衝突《しょうとつ》しそうだ。

「よろしく頼《たの》んだよ、御園くん」

「はい」

いまの大橋の言った、「よろしく」には、「新入りの飯塚をみんなに馴染《なじ》ませ、現場をうまくまとめるように」という意味合いが込められている。

「じゃあ、早速《さっそく》、今夜の仕込みをやりましょうか」

突然《とつぜん》言い出した飯塚に、奥へ行きかけていた大橋も御園も驚《おどろ》いて足を止めた。

「いや、飯塚くん。今夜のメニューはすでに決まっているんだが……」

「それは前もって聞いています。ここに来る前に今夜のメニューに目をとおしましたが、俺に言わせれば、もの足りません。今日からこの店は生まれ変わるんですよね？　だったら、メニューももっと斬新《ざんしん》なものにしないと」

初日から早くも、飯塚は全力を出すつもりらしい。

だが、このメニューは昨年末からずっと、古参のシェフたちが苦心して生み出したものだ。途中《とちゅう》、何度も試食会を行い、御園も参加した。年始めのスペシャルディナーで、価格は一応、五万円としているが、客の要望によってはそれ以上に跳ね上がる場合もおおいに考えられる。

「五万円も取るメニューにしては、無難にまとまりすぎでしょう。いままでのロゼを維持《いじ》するならともかく、新規客を呼び込みたいなら、このメニューじゃダメだ」

「ダメだと言われても、もう仕込みに入るんですよ。他のシェフだってそろそろ来る時間です」

飯塚の横柄《おうへい》な物言いに、御園もすかさず言い返した。

料理を出すタイミングや客の機嫌《きげん》を敏感《びんかん》に読み取り、厨房《ちゆうぼう》と完璧な連係《れんけい》プレーを取るため、つねに平静であることをこころがけているが、今日いきなり、ロゼにやってきた奴《やつ》にずかずかと土足で踏《ふ》み込まれるような真似《まね》をされて黙《だま》っているほどの甘ちゃんではない。

「食材だって全部そろってるんだし、いまさら……」

「変えられない、とでも言うのか？　さすが、ロゼの顔だけあって結構頑固《がんこ》だな」

顔を強張らせる御園を鼻であしらい、飯塚は軽く腰《こし》に手をあて、大橋支配人を振り返る。

「食材は今日届いているものを使います。メイン料理はまあ、諸先輩《せんぱい》方に敬意を表して変えないとしても、前菜とデザートは俺に任せてくれませんか。やってみたいことがあるんですよ」

「うん、そうだな……」

大橋が難しい顔で考え込むあいだにも、ロゼに長年勤めるシェフやギャルソンたちが続々と出勤してきて、誰《だれ》もが新顔の飯塚を一目見ては驚いている。

この店に飯塚がやってくることは皆《みな》、知っていたが、御園の険悪な顔に並々ならぬスタートを切ったことを誰もがうっすらと感じ取ったのだろう。

熟練シェフたちが白いエプロンを巻き付けるや否《いな》や、メニュー変更《へんこう》に対する反発が沸《わ》き起こった。

「いきなり前菜とデザートを変えろと言うのは、むちゃじゃありませんか。このメニューは昨年末から私たちが根を詰《つ》めて練り上げたものですよ」

「私もそう思うが、飯塚くんがどうしてもやってみたいと言うものだから」

いちばん年嵩《としかさ》のシェフである石井《いしい》が険しい顔で温厚《おんこう》な大橋に食ってかかるあいだ、飯塚はひょうひょうとした態度でロッカールームで着替《きが》えをすませ、まっさらなエプロンを腰に巻き付け、同じく染《し》みひとつないシャツの袖《そで》をまくり上げてホールに戻《もど》ってきた。

「まだ決着ついてないんですか？　ぐだぐだやってるあいだに、開店時間が来ちまいますよ」

呆《あき》れたような口調に、御園のほうが驚く始末だ。初日早々、店に来てまだ一時間も経《た》ってないうちから内側に敵をつくる男の神経は、いったいどうなっているのだろう。

――フランスでの荒《あら》っぽい修業《しゅぎょう》で、日本人らしい気遣《きづか》いってものをなくしたのか？

「納得《なっとく》がいかないって言うなら、前菜だけでも一回つくらせてください。それで実際にどうするか、大橋支配人や御園副支配人に決めてもらうのはどうですか」

着任の挨拶《あいさつ》もなく、我が物顔で取り仕切る飯塚に、全員が黙って顔を見合わせた。こんな無礼な奴は初めてだ、という苛立《いらだ》ちがため息になってあふれ出す。

「仕方ない。とにかく、彼の言うとおりにしてみよう。飯塚くん、前菜を一品、つくってみなさい。それを皆で試食してみてから、考える」

「任せてください。だてに、フランスの三つ星レストランから引き揚《あ》げてきたわけじゃないんですよ」

いまの言葉で、ロゼに仕えてきたシェフとフランス帰りの飯塚のあいだにはっきりとした一線が引かれ、ばちっと火花を散らす音が聞こえるようだった。

ここにいるシェフは、誰もが一度はフランスで腕《うで》を磨《みが》いてきた猛者《もさ》ばかりだ。六十代に差し掛《か》かってもなお、現場主義を貫《つらぬ》く料理長である石井を筆頭に、四十代、三十代のシェフたちが毎晩、贅沢《ぜいたく》な晩餐《ばんさん》を彩《いろど》るために力を惜《お》しまない。

本来ならば、二十代の飯塚など出る幕ではないのだが、三つ星レストランで辣腕《らつわん》をふるっていたのは事実で、新生・ロゼのためにわざわざ帰国してきたというのも事実だ。

他のギャルソンや御園も、それぞれ渡仏《とふつ》や渡英の経験がある。実際に厨房に立つことはないが、ホールを回るギャルソンの全員がソムリエの資格を持ち、素早《すばや》く正確にワインを注ぎ、鮮《あざ》やかな手つきで料理の一品一品を客に出すといったすぐれた技術は、日本にいるだけでは学べないものだ。

ロゼが昔から名店と呼ばれるのは、料理の味の確かさだけではなく、ギャルソンたちのサービスの高さも評価されているためだ。

「早速、やってもらおうじゃないか」

飯塚の喧嘩《けんか》を買って出た石井が鼻息荒く、厨房へと向かう。そのあとを飯塚がすたすたと歩いていく。さらにそのあとを他のシェフたちが慌《あわ》てて追っていき、ホールに残った御園やギャルソンたちはいっせいにため息をついた。

「評判以上に態度がデカイ奴ですねぇ。参ったな。あんなのが今日から仲間に入るのか」

「石井料理長がいちばん嫌《きら》うタイプですよね。あのひと、礼儀《れいぎ》を重んじる性格だし。御園さんはどう思います?」

「どう思うもなにも」

言いかけたとたん、さっとなにかを炒《いた》める音、皿と皿が擦《こす》れ合う音に続いて、「そんなものはロゼが出すメニューとは言わん、邪道《じゃどう》だ!」と石井の怒鳴《どな》り声が厨房から響《ひび》いてきた。

思ったとおり、新顔と古参シェフが真っ向から衝突しているらしい。

「あー……、初日早々、困ったことになったな。ちょっと御園くん、様子を見てきてくれないか」

大橋が頭を抱《かか》え込み、茫然《ぼうぜん》と立ち尽《つ》くすギャルソンに、「おい、鎮痛剤《ちんつうざい》と水を持ってきてくれ」と頼んでいる。

あと数時間もすれば、着飾《きかざ》った客たちがいっせいにやってくる。その前に、この殺伐《さつばつ》とした雰囲気《ふんいき》をどうにかしなければ、せっかくの新春ディナーも台無しだ。たまらずにちっと舌打ちし、御園は無意識にジャケットの襟《えり》を正しながら足早に厨房へと向かった。

だが、それとほぼ同時に、これ以上ないぐらいの渋面《じゆうめん》の石井がぬっと出てきた。

「石井料理長、大丈夫《だいじょうぶ》ですか」

声をかけると、「大丈夫に決まってんだろ」と笑う声があとを追ってきた。

飯塚が可笑《おか》しそうに皿を持ってホールに出てきて、御園と目が合うと、「食ってみるか？」

と笑いかけてくる。

今夜の前菜は、ムール貝のタルトと、鴨《かも》のテリーヌ、茸《きのこ》のソテーとどれもフレンチの王道をゆくもので、ロゼらしい品格を持ったものばかりだ。飯塚はその中の一品を、料理長の石井に
「邪道だ」と罵倒《ばとう》されるようなものに仕上げ、さらには黙らせたのだ。

海千山千のシェフをそこまで至らしめる料理とはどんなものなのか。

――思いのほか味がよかったのか、それともべつのなにかがあるのか？

こみ上げる好奇《こうき》心を抑《おさ》えきれず、いい香《かお》りに吸い寄せられるように御園は飯塚に近づいた。

そして彼が持つ皿をのぞき込み、思わず目を剝《む》いた。

真っ白な皿には、黒く、鮮やかな薔薇《ばら》が描《えが》かれていた。

「こんばんは、御園さん。今年もよろしく」

「ようこそおいでくださいました、太田《おおた》様。お席はいつもの場所をご用意しております」

夜の七時を過ぎると、ロゼには馴染《なじ》みの客が続々とやってきた。

そして誰もが、興味深そうに、「今夜から、新しいシェフがいらっしゃるんでしょう？」と耳打ちしてくる。

フレンチ好きなら、新進気鋭《きえい》の飯塚の名は全員が知るところだ。フランスでずば抜《ぬ》けた才能を見せ、凱旋《がいせん》帰国してきた若きシェフの腕がどんなものか、ロゼの常連たちも気になるらしい。

「しかし、どうしてまた飯塚くんがロゼに来たんだろうね。フランスのレストランでも、彼を手放したくなかったという話を聞いたが」

「なんでも、先代の支配人と家族ぐるみのつき合いがあるそうです。私が聞きましたのはそれだけですが……、味のほうは確かです」

常連中の常連である年配客、太田夫妻を窓際《まどぎわ》の落ち着くテーブルに案内しながら、御園は丁寧《ていねい》に答えた。だが、内心では歯軋《はぎし》りする思いだった。

今日顔を合わせたばかりの同じ歳《とし》のシェフは、周囲の動揺《どうよう》をものともせず剛胆《ごうたん》な態度で、ロゼが新しいスタートを切るのにうってつけの前菜を生み出した。

その美しさには、支配人の大橋も、厨房《ちゅうぼう》をまとめる頑固な石井も、ホールの全責任を負う御園も一瞬《いっしゅん》、感嘆《かんたん》のため息を漏《も》らしてしまうほどだった。

「お食事前の飲みものはいかがなさいますか」

「そうね。なにかおすすめはある？」

「それでは、ごく軽めのシャンパンを。先日、上等な一本が入って参りました」

代々、輸入業を営んできたという裕福《ゆうふく》な太田夫妻のテーブルには、御園が直接つくことにしている。アッパークラスらしいおっとりした言葉に御園は頷《うなず》き、さらりとした味わいの上質なシャンパンを運ばせた。

薄《うす》く透《す》きとおったピンクシャンパンで乾杯《かんぱい》する彼らと他愛《たわい》ない話をしている合間にも、厨房から最初の一皿が運ばれてくる。いわば、飯塚の初仕事だ。

「ロゼの今年最初の一品、ムール貝のソテーです」

ギャルソンがうやうやしく差し出した皿に、太田夫妻がはっと息を呑《の》む。夕方の自分たちと同じ反応に、誇《ほこ》らしいような、苛立たしいような相反する感情が胸に渦巻《うずま》いていた。

「ムール貝にイカスミのソースでもかけてあるの？」

「はい。ですが、それだけではないと申しておりました。ソースの具体的な内容は秘密らしいです」

「黒い薔薇か……。『ロゼ・ノワール』にふさわしい前菜だね」

「ほんとうに綺麗《きれい》。食べるのがもったいないぐらい」

太田夫妻が手放しに喜ぶのも当然だ。

飯塚は前もって仕入れていたムール貝を使い、イカスミのソースに隠《かく》し味を持たせて、白い皿に大輪の黒薔薇を咲《さ》かせるという大胆《だいたん》なことをやってのけたのだ。

本来ならば、もっと落ち着いた色合いの前菜を出すはずだったのだが、飯塚のこの一品に料理長の石井もむっとした顔で黙《だま》り込んでしまった。

見た目のインパクトはもちろんだが、味のほうも悔《くや》しいぐらいに洗練されているのを、支配人の大橋や御園、ギャルソンたちに他《ほか》のシェフも試食しているからすでに知っている。

『これを皮切りに、新しいロゼをスタートさせましょう。どんなことも最初が肝心《かんじん》だって言うでしょう。長年通ってる客がびっくりするぐらいの料理を出してやらないと』

そう言った飯塚に、石井は『メインは譲《ゆず》らん』と頑固《がんこ》に拒否《きょひ》しながらも、前菜とデザートだけはとにかく任せた、と仏頂面《ぶっちょうづら》を隠さなかった。たぶん、いまも、厨房では互《たが》いに牽制《けんせい》し合っているはずだ。

――とはいえ、たぶん警戒《けいかい》しているのはこっちだけだろうな。飯塚には、「遠慮《えんりょ》」って二文字が見あたらない。

太田夫妻にサービスしながら、御園はだんだんと混《こ》み始めてきた店内を隈《くま》なくチェックしていた。全部で五十席のロゼは大規模な店ではないが、長年かけて守られてきた美しい宝石をぎっしり詰《つ》め込んだような装飾《そうしょく》が目にもまばゆい。

ご婦人方のヒール音やギャルソンの足音も吸い込む黒の絨毯《じゅうたん》には凝《こ》った織り模様が入り、どのテーブルもうっすらと光沢《こうたく》のある真っ白なクロスがかけられている。

壁《かべ》には年季の入った金縁《きんぶち》、銀縁の枠《わく》にはまった大小さまざまな絵と鏡があり、やわらかな照明で彩《いろど》られた店内を歩くだけで、客自身が一個の宝石になれるかのような錯覚《さっかく》を覚えるほどだと、以前、雑誌で絶賛されたことがある。

この豪華《ごうか》な装飾は創業当時から変わらず、御園たちも毎日、開店前に隅々《すみずみ》まで掃除《そうじ》している。

「ごゆっくりおくつろぎください」

メインディッシュが運ばれた太田のテーブルをにこやかに離《はな》れ、御園は店中を眺《なが》め渡《わた》せる、それでいて客の目の邪魔《じゃま》にならない場所に立ち、各テーブルの様子をチェックした。

今年最初のディナーに招いた客は、全部で四十五組。各組の時間を少しずつずらしているから、うるさすぎず、静かすぎず、いい具合のにぎやかさだ。

ロゼでは、バックミュージックに心地《ここち》よいピアノコンチェルトを流している。客がフォークやナイフを置いたとき、ちょっとお喋《しゃべ》りが止まったときに、耳にやさしいピアノで気をやわらげるため、それから、御園の囁《ささや》くような命令を周囲の者にしか知らせないためだ。

「岡本《おかもと》、三番のテーブルをチェック。パンが切れているようだから補充《ほじゅう》。それとナプキンの交《こう》換《かん》を」

「かしこまりました」

「水野《みずの》、八番テーブルへ。デザートをお持ちするかどうかチェック」

「かしこまりました」

それぞれのギャルソンの能力が低いわけではない。

むしろ、他店に行けば誰《だれ》もがすぐにホール管理を任されるぐらいの力があるが、御園の客の呼吸を読むタイミングは彼らをさらに上回る。

どのテーブルで、誰がなにを要求しているか。

それに応《こた》えるのが早すぎても遅《おそ》すぎても困る。

たとえば、ワイングラスが空になっているのを見てお代わりを注《つ》ぎに行くか、客に任せるかどうかということも、事前に客同士の会話で察知する。ギャルソンが徹底《てってい》的にサービスするのを好む客もいれば、ある程度放《ほう》っておいてほしい、という客もいる。

どちらの客にも、それなりの理由がある。

前者は、ロゼという名店の食事を楽しみ、ギャルソンに細々と世話してもらうことに慣れている。後者は、食事の旨《うま》さはもとより、大事な話をするためにロゼを選んでいることが多い。男同士なら重要な仕事の話だったり、男女なら一世一代のプロポーズだったり。

ここぞという場面に水を差すのは、名店のやることではない。だから、御園はつねに客の表情に神経を張りめぐらせ、彼らの要求の一呼吸前に応えられるよう構えているのだ。

この力があるからこそ、二十八の若さでロゼの副支配人という立場に立ったのだ。

「八番のテーブルへデザートをお持ちします」

厨房から出てきたギャルソンの水野が掲《かか》げた銀盆《ぼん》をちらりと見た瞬間《しゅんかん》、ちょっと動揺したのを、水野もわかったのだろう。苦笑いしている。

黒い薔薇《ばら》で始まったスペシャルディナーは、赤く情熱的な薔薇でフィナーレを飾《かざ》ろうとしている。手の込んだ薔薇の花びらは、固めに焼いたクレープで表現したのだろう。

そこに、ラズベリーソースを丁寧に流し込み、満ち足りた食事の最後の最後まで目と舌を楽しませてくれそうだ。

「驚《おどろ》きますよね、このデザート。薔薇の中身はアイスクリームが入ってるらしいです。前菜と調和が取れていると僕は思いますが、厨房じゃ石井料理長と飯塚さんが一触即発《いっしょくそくはつ》の状態でしたよ。とにかく、運んで参ります」

綺麗な薔薇のデザートはともかく、一触即発という言葉に、頭が痛くなってきた。確かに、いまの一皿は大胆すぎる。伝統あるフレンチを頑《かたく》なに守ろうとする石井と、着任して息つく間もなく、新たな試みを次々に繰《く》り出す飯塚が真っ向からぶつかれば、冗談《じょうだん》なしに普段《ふだん》から暑い厨房がますます暑苦しくなっているはずだ。

心配になって様子を見るために重い銀色のドアで仕切られた厨房に一歩入ると、「これじゃロゼの伝統が台無しだ！」と石井が怒鳴《どな》り、受けて立つ飯塚は「そうですか？」と平然とした顔で熱々のラズベリーソースをクレープにかけている。

他のシェフと言えば、料理長と新参者の一騎《いっき》打ちに戦々恐々《せんせんきょうきょう》としているようで、無言で皿洗いにいそしんだり、次の料理の仕上げへとかかっている。

ふっと顔を上げた飯塚と目が合った。

先に、にやりと笑ったのは相手のほうだ。その余裕綽々《よゆうしやくしやく》とした笑い方に、無性《むしよう》に腹が立ってくる。まだたいした言葉は交《か》わしていないが、この男は天敵だ。

「どうですか、調子は」

石井を気遣《きづか》うように訊《たず》ねると、「どうもこうもあったもんじゃない」と憤然《ふんぜん》とした答えが返ってくる。

「いくら三つ星レストランの出身だからって、初日からいきなり、ロゼのやり方が古くさいと言いやがりましたよ、この小僧《こぞう》は」

「実際、そのとおりなんだからしょうがないでしょう」

「なんだと！　もういっぺん言ってみろ！」

客の前に出れば寡黙《かもく》で威厳《いげん》のある料理長の石井も、フランス帰りの鼻っ柱が強い飯塚には黙っていられないらしい。

腕《うで》をまくって飯塚に詰め寄るが、切れ味のいい包丁や火がある厨房で大乱闘《だいらんとう》を始められたらこっちが困る。慌《あわ》てて石井の袖《そで》を引き留めた。

「とにかく、今日のところはなんとか我慢《がまん》してやってもらえませんか。あとで、私と支配人で飯塚と話し合ってみますから」

じろりと睨《にら》んでくる石井は、御園の幼い頃《ころ》からここに勤めている叩《たた》き上げのシェフだ。口数は少ないが統率力《とうそつ》があり、正統派のフレンチシェフとして極上《ごくじょう》の腕前を持っていることは、御園もよく知っている。

「……仕方ありません。御園さんがそうおっしゃるなら、今日のところは譲ってやります……が、明日も自分の思いどおりにいくと思うなよ、小僧！」

「はいはい、わかってます。明日は明日で、俺の尊敬する石井料理長が絶句するぐらいのメニューを持ってきます」

「飯塚、その口の利《き》き方はないだろう！」

腕利きのシェフである証《あかし》の白いシャツ、白いエプロンに漆黒《しっこく》のスラックスを身に着けた石井と飯塚が睨み合うのを、クールな印象を与《あた》えるブラックスーツ姿の自分が必死になだめるなんて、名門ロゼとしては前代未聞《みもん》の顚末《てんまつ》だ。

こんな姿をもし客に知られたら、と思うだけで、眩暈《めまい》がしてくる。

小僧呼ばわりしてはばからない石井と、一歩も引かずに刃向《はむ》かう飯塚をなんとか引き剝《は》がし、冷や汗《あせ》を拭《ぬぐ》いながらホールに戻《もど》ると、どの客も、深紅《しんく》の薔薇のデザートを前にして子どものように喜んでいる。

「ロゼで始まってロゼで終わるか。いいねぇ、なんとも優雅《ゆうが》な一年の始まりだ」

「ほんとうに。こんなに綺麗《きれい》でおいしいデザートをいただくのって、初めて」

厨房《ちゅうぼう》での派手な喧嘩《けんか》はさすがにホールまで届かず、あちこちから称賛《しょうさん》の声が上がっている。

――デカいことを言うだけあって、飯塚の腕は相当なものだ。あれで、もうちょっと低姿勢だったら石井料理長を怒《おこ》らせることもないだろうに。

その晩、各テーブルを回って挨拶《あいさつ》をしたのは、料理長である石井だ。

飯塚が前菜とデザートを担当したことは内々だけの秘密としたのは、とりあえず、彼がまだロゼ着任一日目だということもあるし、飯塚自身、「テーブルを回るのは、メインをやらせてもらえるようになってからで構いません」と生意気なことを言ってのけたせいだ。

それでまた、石井が顔を真っ赤にして怒りかけたのをその場に居合わせたシェフ全員で必死に引き留め、御園の案内とともにホールに出ることを了承《りょうしょう》させたのだ。

「あの小僧がメインをやるようになったら、私はお暇《いとま》をいただきますよ」

「そんなことをおっしゃらないでください。飯塚もたぶん、石井料理長になんとか認めてもらえるよう、わざとあんなふうな態度を取っているだけですよ」

そう取りなしたが、ほんとうのところはどうなのか、まったくわからない。

――なんたって、顔を合わせたのは今日が初めてなんだしな。

評判上々で一年のスタートを切ったその夜、いつになくぐったりと疲《つか》れたのは間違《まちが》いなく飯塚のせいだ。夜の十二時半、最後の客を送り出したあと、全従業員で店内を清掃《せいそう》し、「また明日」「お疲れさまでした」と帰っていった。

彼らを見送る御園に、コートの襟《えり》を立て、マフラーを巻いた大橋が「お疲れ」と支配人室から出てきた。

「いやぁ、ほんとうに今日は大変な一日だったね。でも、飯塚くんのメニューにお客様は大層喜ばれたようじゃないか」

「それはいいんですが、石井料理長と衝突《しょうとつ》しています。明日からどうすればいいか、頭が痛いですよ」

わざとらしくため息をつくと、大橋はちょっとおどけたような顔をしてみせ、ぽんぽんと肩《かた》を叩いてくる。

「そのへんをうまく取りまとめるのも、副支配人として大切な仕事だよ。きみと飯塚くんは同じ歳《とし》なんだから、分かり合えるところも多いだろう。とにかく、彼のことは任せたからね」

勝手なことを言ってさっさと出ていく大橋に、御園はしかめ面《つら》をしたままだった。

内心では、――面倒《めんどう》なことを一方的に押しつけやがって、大橋支配人も結構古狸《ふるだぬき》だよな、と悪態をつかずにはいられない。

すべてのテーブルからクロスを剝がしたホールの灯《あか》りを落としていると、「よう、お疲れ」と太い声が奥から聞こえてきた。

馴《な》れ馴れしい感じの声に眉《まゆ》をひそめて振《ふ》り向くと、案の定、飯塚だ。彼のほうも片付けが終わったらしく、私服に着替《きが》えている。

「……お疲れさまです」

飯塚を斜《はす》に睨み、ホール最奥《さいおう》の灯りを消した。無表情で彼の脇《わき》をすり抜《ぬ》けようとすると、いきなり腕を摑《つか》まれた。

「なんですか」

「もしかしてアンタ、車で来てる？　昼間、ここにタクシーで来たとき、専用駐車《ちゅうしゃ》場に車があったから。アレ、アンタのだったら、俺をホテルまで送ってほしいんだけど」

図々《ずうずう》しいにもほどがある。腕を振り払《はら》い、「なんで私がそんなことをしなきゃいけないんですか」と言った。

「タクシーで来たんだったら、帰りもタクシーを使えばいいでしょう」

「まあまあ、そんなつれないこと言わないで。送ってくれてもいいだろ。ホテル、赤坂だし。すぐそこだし」

「すぐそこだって言うなら歩いていけばいいでしょうが」

嫌《いや》みたっぷりに言い返したのだが、腕を組む飯塚はまったく応《こた》えていない。それどころか、おもしろそうな顔だ。

「アンタの噂《うわさ》、フランスにいたときもあちこちで聞いたよ。老舗《しにせ》のロゼが若返りを図《はか》るために、ホールを取り仕切る副支配人も一気に若くなるって。業界紙にもずいぶん載《の》ってただろ」

「だから、なんですか」

「あのさぁ、これ以上言わないとわかんない？」

セーターの腕をまくった飯塚が苦笑《くしよう》しながら危《あや》うい角度でのぞき込んできたので、はっと息を呑《の》んで身を引こうとしたが、遅《おそ》かった。

一瞬《いっしゅん》の隙《すき》を突《つ》かれて腕をぐっと摑まれ、目を剝《む》いたのとほぼ同時に熱いくちびるがぶつかった。

「……ッ……！」

強引《ごういん》にくちづけてくる男に驚《おどろ》き、胸を思いきり叩いた。

くちゅり、と舐《ねぶ》る音が聞こえて頭の中が真っ白になり、無我夢中でなんとか飯塚を押しのけようとしたが、相手も相手で抗《あらが》いをすべて封《ふう》じ込める勢いで壁《かべ》に押しつけてくる。

「ん……っ」

最初からまったく容赦《ようしゃ》がないキスに、息継《いきつ》ぎもろくにできない。苦しいほどに頭ごと抱《だ》きすくめられてくちびるをむさぼられ続け、吐息《とい き》という吐息が吞み込まれていく。

今日、出会ったばかりの男にキスされている。

あり得ない状況《じょうきょう》に怒《いか》りは募《つの》る一方で、必死にもがいたが、息苦しさに負けてくちびるを開くと、待っていたとばかりにぬるっと舌がねじ込まれて、ちゅくちゅくと音を立てて吸われた。

「ん、——ん、ん……っ」

悔《くや》しいことに、飯塚のほうがわずかに上背があり、力も勝《まさ》っているようだ。顎《あご》を押し上げら

れて舌を搦《から》め捕《と》られると、うまく呼吸ができなくて、耳たぶまで熱くなってくる。

間近で笑う男の目とかち合い、とっさに瞼《まぶた》をぎゅっとつぶった。

——なんで、こんなことになってるんだ？　なんで、男にキスされなきゃいけないんだ？

口内をねっとりと犯《おか》していく舌から逃《に》げようとしても、とろとろした唾液《だえき》を混じらされて喉《のど》をなぞられ、こくん、と飲み込むまできつく舐め回された。

「……ん……っ……」

しつこく舐められ続けたそこがだんだんと痺《しび》れ、熱く蕩《とろ》けていくような感覚に膝《ひざ》ががくがくと震《ふる》え出す。

飯塚の背中を力ずくで摑み、どうにか引き剝がしたいのだが、相手はこっちの一歩先を読んでいるようだ。

丁寧《ていねい》に撫《な》でつけた髪《かみ》がぐしゃぐしゃになるほどかき乱され、強く嚙《か》まれたり、吸われたりしているあいだにも淫猥《いんわい》に身体《からだ》を押しつけられ、男同士で抱き合っているのだということを痛感させられる。

こっちの意思がまるっきり無視されているということも、腹が立って腹が立ってしょうがないが、立て続けのキスに眩暈がし、頬《ほお》も紅潮してくる。

これ以上されたらおかしくなるんじゃないかと思うほどに濃密《のうみつ》で荒《あら》っぽいキスの最後に、飯塚は楽しげにやさしくくちびるをついばんできて、ようやく手を離《はな》してくれた。

それから、まだ息が整わない御園の髪を撫でつけ、吐息が感じられる距離《きょり》で囁《ささや》いてくる。

「想像以上にいいな、アンタ。やっぱり、俺が一目惚《ひとめぼ》れしただけのことはある」

「……バカ野郎《やろう》！　ふざけるな！」

血が上るままに、御園は飯塚の横っ面を思いきり引っぱたいた。


一目惚れした、と男に告げられたのは、じつは生まれて初めてではない。

血筋なのかどうかよくわからないが、家族全員、わりと整った顔立ちをしており、御園自身がいちばん華《はな》がある面差《おもざ》しだった。そのせいで、学生時代から男女ともに数えきれないぐらい告白されてきて、セックスの経験もそれなりにある。

だが、ベッドをともにするのは女性だけで、その場合もわりと淡泊《たんぱく》に対応していた。同性にどれだけ声をかけられても相手にしないというのは、男として生まれ育った以上、当たり前ではないだろうか。

「くそ、あの野郎……」

店での礼儀《れいぎ》正《ただ》しさも忘れて、御園はシャワーを浴びながらくちびるをごしごしと擦《こす》った。昨晩の熱が、まだ残っている気がする。

──なにが一目惚れだ。冗談《じょうだん》じゃない。

ぶるっと頭《かぶり》を振って水滴《すいてき》を散らし、バスタオルで乱暴に拭《ぬぐ》った。

ロゼから歩いて二十分ほどのところにあるマンションに、御園はひとりで住んでいる。窓からは美しい夜景も楽しめるのだが、レストラン勤めということもあって、じっくり楽しんだことはあまりない。

リビングの壁にかかる時計は午前九時を指している。いつもより早く目を覚ましたのは、やはり昨日の衝撃《しょうげき》があるせいだろう。

飯塚を引っぱたいた勢いで店を飛び出し、部屋に戻《もど》るなり、怒りに任せてとっておきのワインを一本丸ごと呑み干した。

仕事柄《しごとがら》、酒には強いが、ワインの呑みすぎは翌日に支障をきたす。早くも二日酔《ふつかよ》いの頭痛が始まっているが、シャワーを浴びたことで少しだけすっきりした。

ふかふかしたワッフル地のバスローブをまとい、半分ぼけた頭でテレビを点《つ》けた。今日も仕事だ。

夕方にはまた、あの厄介《やっかい》な男と顔を合わせなければいけないのかと思うと、頭痛がさらにひどくなってくる。

「なに考えてんだ、あいつ……」

効き目が早い鎮痛剤《ちんつうざい》を飲み、ぐったりとソファにもたれたところで、チャイムの音が響《ひび》いた。

御園が住んでいるマンションはオートロック式だ。

外来者は、一階エントランスにあるパネルで住居者の部屋番号を押してチャイムを鳴らし、来訪を告げることになっている。その場合のチャイムは一回。

しかし、いま鳴ったのは二回だ。となると、直接、扉《とびら》の前まで来ているということだ。

たまに、こういうことがある。宅配業者がマンションの複数の荷物を運んできた際、最初に訪ねる住居者のチャイムを鳴らしてオートロックのドアを解除してもらい、あとはどんどん部屋を訪ねていくという方式だ。

なにか、荷物でも届いたのだろう。

とくに深く考えもせずに扉を開けると、「よう」と笑うシングルコート姿の男が立っていた。

いま、いちばん会いたくない顔に反射的にドアノブを引っ張ったが、すんでのところで相手のほうが革靴《かわぐつ》の爪先《つまさき》を突《つ》っ込んでくる。

「待った、ちょい待ち」

「出ていけ！」

「そう怒《おこ》るなって……うわっ、……ってえ！　ちょっ、ちょっと待ちなよ、アンタ、俺の足、あし、挟《はさ》んでる！」

大声に、思わず手をゆるめたのが間違《まちが》いだった。

するっと身体をすべり込ませてきた飯塚が開き直った態度で、「おはよう」と悠然《ゆうぜん》と笑いかけてきたことに、全身の力が抜《ぬ》けるかと思った。

「……なにしに来たんだ！　なんで俺の部屋を知ってるんだ！　だいたい、どうやってマンション内に入ってきたんだ！」

「宅配業者と一緒に入ってきたんだ。部屋番号は、昨日、大橋支配人に訊《き》いておいたんだ。朝メシ、一緒《いっしょ》に食おうと思ってさ」

「なに言ってんだ、おまえは……」

こっちの迷惑《めいわく》をまるで考えていない男は勝手に靴を脱《ぬ》ぎ、キッチンへとずかずか入っていく。

「ま、……待てよ、勝手に入るな！」

黒のコートを着た飯塚は断りもなしに冷蔵庫を開け、「レストラン勤めのくせして、たいしたもん、入ってないな」と顔をしかめる。

「でもまぁ、たまごとチーズがあるだけマシか。ん、バターもあるし。どうする、スクランブルエッグがいいか、それともオムレツにするか？」

「どっちもいらない！　早く出ていけ！」

「朝っぱらからそう怒るなって。アンタ、昨日呑みすぎたんだろ。ひどい顔してるぜ。もう一回顔洗ってきな」

「おまえのせいだろうが!!」

早くもコートを脱いで器用に片手でたまごを割ってボウルに落とす飯塚に、なにをどう言えばいいのか。

あともう一発、盛大に怒鳴《どな》ろうとした矢先に、「どうするんだよ、スクランブルエッグでいいのか？」と絶妙《ぜつみょう》なタイミングで訊《たず》ねられたものだから、「……オムレツがいい」と答えてしまった。

同じたまご料理でも、スクランブルエッグは掬《すく》いにくくてどうも苦手なのだ。

すると、飯塚は楽しげに笑い、「わかったよ」と頷《うなず》く。

「旨《うま》いオムレツをつくってやるから、ちょっと待ってな」

言うなり、熱したフライパンにジュッとバターを落とす飯塚に、ため息しか出てこない。

——なんなんだ、こいつは。昨日といい今日といい。

彼の言うとおり、もう一回顔を洗ったほうがいいかもしれない。手が痺れるような冷たい水でしつこいほどに顔を洗い、タオルで拭いながらリビングに戻ると、ふんわりしたいい匂《にお》いが漂《ただよ》っていた。

「おっ、グッドタイミング。ちょうどいまできたところだ。冷めないうちに食えよ」

白い皿にオムレツを盛りつけた飯塚が振《ふ》り返る。シャツの袖《そで》をまくった姿が妙《みょう》に部屋に馴染《なじ》んでいて、嫌《いや》な気分になった。勝手に押し入ってきた奴《やつ》に馴染まれる筋など、これっぽっちもないはずだ。

「棚《たな》の中にクラッカーがあったから、一緒につけてみた」

自分のぶんの皿を持ってソファに座る飯塚を胡乱《うろん》そうに見てから、御園もソファに腰《こし》を下ろした。もちろん、距離を空けて。

黄金《こがね》色に焼き上がったオムレツをフォークで割ると、とろっとした熱々のチーズが流れ出てくる。

堂々と褒《ほ》めてやるのは悔《くや》しいので言わないでおくことにするが、シンプルなオムレツはとてもおいしい。塩加減が絶妙で、とけたチーズとクラッカーを絡《から》めて食べるのもまたオツな味だ。

「ロゼから歩いて約二十分か。いいところに住んでるな。店からも通いやすくていいだろ」

「まあな」

仏頂面《ぶっちょうづら》を貫《つらぬ》き、オムレツを綺麗《きれい》に食べ終えた御園は、「で？」と飯塚を睨《にら》む。

「押し入り強盗《ごうとう》みたいな真似《まね》して、いったいなんの用だ」

「や、仕事が始まるまで時間があるだろ。一緒に朝食を食うついでに、東京観光でもお願いしようかと思って」

「……はぁ？」

「俺、東京を離《はな》れてた時間が長いんだよ。たった数年でこのへんもずいぶん変わったよなぁ。あ、それと、もしよかったら、部屋探しにもつき合ってくれないかな」

「なんで俺が……」

「オムレツ、旨かっただろ？　礼ぐらいしてくれても、罰《ばち》は当たらねえんじゃん？」

呆《あき》れてものも言えない。図々《ずうずう》しいのも、ここまで来れば芸術品だ。食べ終えた皿を乱暴にシンクに置き、煙草《たばこ》に火を点けた。その姿に、飯塚がちょっとおもしろそうに笑う。

「スモーカーか。店では吸わないだろ」

「たまにしか吸わない。匂いがつくからな。そういうおまえこそ、シェフのくせに吸うのか」

「アンタと同じ、たまにだよ。舌が鈍《にぶ》るから、ときどきしか吸わない」

御園が吸い出したことで安心したのかどうか知らないが、シャツの胸ポケットから取り出した煙草に火を点けた飯塚がカウンター越《ご》しに、「灰皿は？」と訊ねてくるので、無言でガラス製の灰皿をガンッと目の前に叩《たた》きつけてやった。

副支配人という立場上、普段《ふだん》から冷静な態度をこころがけているが、この男にはいささかきつくあたらないと応《こた》えないようだ。

「オムレツぐらいで図に乗るなよ。そっちが勝手にやったことだろうが。なんなんだ、おまえはいったい。朝っぱらから他人の家に押しかけてくるんじゃない。迷惑だ」

「おっ、ロゼの美人副支配人とは思えない粗雑《そざつ》な口の利《き》き方がたまらんねえ」

顔を近づけてくる飯塚の笑い方が昨晩の荒《あら》っぽい熱を思い起こさせるようで、御園はきっと眉《まゆ》を吊《つ》り上げる。

なにが美人だ、ふざけるのもたいがいにしろ、と目の前でにやにや笑う男をぶっ飛ばしてやりたくなる。

「それを吸い終わったらさっさと出ていけ。東京観光も部屋探しも自分でやれ。子どもじゃないだろうが」

「そう冷たいこと言うなよ。フランスから帰ったばっかで、こっちにはまだ馴染んでないしさ。アンタぐらいなんだよ、気軽に喋《しゃべ》れる相手って。同じ歳《とし》だし」

「だからって……！」

いきなりキスするか、という文句を寸前で飲み込んでしまったのは、飯塚がひたすら楽しげな顔をしているせいかもしれない。

こっちからわざわざ昨日のことを思い出させて妙な雰囲気《ふんいき》に陥《おちい》るのだけは嫌だから、御園はぎりぎりと歯を食いしばって堪《こら》えた。

――なんで、こんな不毛な会話をしてるんだ？

こんな男は初めてだ。ロゼに勤めていて、さまざまなシェフやギャルソンを見てきたが、ここまで空気を読まない奴も珍《めずら》しい。

これが客だったら、まだ許せる気がする。どんなレストランも、客の存在なくしては成り立たない。

たまに、自分のやり方を押しとおす強情《ごうじょう》な店主、というのを雑誌で見たり、ひとの噂《うわさ》から聞いたりするが、なにに置いてもまずはサービス重視、ということに徹底《てってい》している御園にとって、わざわざ足を運んでくれる客に失礼な態度を取るなどあり得ない考えだ。

大枚をはたいてやってきたのだと偉《えら》そうに振る舞《ま》う客もいることはいるが、彼らの我が儘《まま》を叶《かな》えてやってこそ、名店というものは後世に引き継《つ》がれていくのだと思っている。

しかし、飯塚は客ではない。昔からの友人でもない。若いながら本場フランスで成功したシェフとして、能力の高さや顔と名前ぐらいは知っていたものの、それ以上のことはなにも知らない、昨日出会ったばかりの仲だ。

「なんで、なにも知らないおまえのために俺が骨を折らなきゃいけないんだよ」

呻《うめ》くように言うと、煙草を深く吸い込んだ飯塚が顔をそむけて煙《けむり》を吐《は》き出す。

「名前は飯塚四郎。アンタと同じ二十八歳で、実家は下町でちいさいフレンチレストランを経営している。名前のとおり俺は四男坊《ぼう》で、上の兄貴三人ともフレンチの道に行った。いちばん上の兄貴は独立して店を出していて、二番目と三番目が実家を継ぐことになってる。俺はと言えば、飯塚四人兄弟の中でもっとも才能あるシェフとして、修業《しゆぎよう》中からあちこちから熱いラブコールを受けていたが、アンタのことを業界紙で見かけて一目惚《ひとめぼ》れ。老舗《しにせ》ロゼの再生につき合うことを快く了承《りようしよう》して帰国した、ってな感じ。えーと、だいたいこんなもんで、俺って男をわかってもらえたか？」

「バカじゃないのか、おまえ……」

話の途中《とちゆう》から呆れた顔をしていたのにも構わず、マイペースを守り抜いた飯塚は、シェフとしての才能は確かにあるかもしれないが、人間としては最悪だ。

「誰がおまえの経歴を知りたいと言ったんだよ」

「だって、アンタが俺のことをなにも知らないっていうからさ」

嫌みがまるで通じていないことにかちんときた。ここまでどんどん話の軸《じく》がずれていく奴も、めったにいるものではない。

「さっきからアンタアンタって連呼してるけどな、俺には御園克哉というれっきとした名前があるんだ。一目惚れしたというぐらいならちゃんと名前を呼べ」

「へえ、じゃあ、一目惚れしたことは認めてくれるんだ？」

「そういう話じゃないだろうが！」

「なんなんだよ、わかりにくいな。まあいい、克哉、早く着替《きが》えてこい」

「気易《きやす》く呼ぶな!!」

「なんだっつーんだよ」

面倒《めんどう》そうに飯塚ががりがりと頭をかく。

「あー、じゃあ、御園、とりあえず着替えてこいよ。いつまでその悩《なや》ましいバスローブ姿で俺の前をうろちょろしてるつもりだ？　さっきから胸のところがはだけて、目の毒なんだよ。犯《おか》すぞ」

「……ッ……！」

一瞬《いっしゅん》、本気で殺意が湧《わ》いた。ガラス製の灰皿をひっ摑《つか》もうとしたのを、いち早く察したのだろう、「灰皿、綺麗にしておくからよ」と苦笑《くしょう》する飯塚に取り上げられてしまい、ぜいぜいと肩《かた》で息するしかなかった。

まったく嚙《か》み合わないやり取りに疲《つか》れきって、とにかく着替えることにした。「犯すぞ」と低い声で脅《おど》されたからといってびくついているのではないと言いたいが、昨日の今日だ。

──これ以上ぐだぐだやってたら、ほんとうになにをされるかわかったもんじゃない。

寝室《しんしつ》に入って内側から鍵《かぎ》をかけ、乱暴にクロゼットの中を引っかき回した。

カーテンを開いた窓の外は快晴。部屋の中は暖房《だんぼう》が効いているが、今日も寒さの厳しい一日だと、さっきテレビの天気予報で言っていた。

「あの野郎《やろう》……どこに行きたいっていうんだよ……」

ぼやきながら、肌触《はだざわ》りが最高のカシミアのセーターとウールのスラックスに着替え、シルエットが美しいコートを片手に部屋を出た。

飯塚は相変わらずリビングのソファにふんぞり返ってテレビを見ているが、こっちが着替えているあいだ、勝手に部屋のあちこちをのぞき回った様子はない。キッチンカウンターの隅《すみ》には、綺麗に磨《みが》かれた灰皿が置いてある。

それでも念のため、「どこも触《さわ》ってないだろうな」と言うと、飯塚は眉を撥《は》ね上げ、「触ってもいいなら触るけど？」と、御園の腰に向けて両手を伸《の》ばしてきた。

「おまえ、本気でバカだろ」

ぴしゃりとはねつけてテレビを切り、足音荒く玄関《げんかん》に向かった。そのあとを、「そうぽんぽん怒《おこ》るなよ」と笑い声が追ってくるが、こんな状況《じょうきょう》でへらへらできる奴《やつ》がいたらお目にかかりたいぐらいだ。

「どこに行きたいんだ、どこに」

「んー、じゃあ、とりあえず東京タワー」

お上りさん丸出しのような言葉にがっくりきたが、こんな変人にいちいち気力をすり減らしていたらたまらないと考え直し、地下駐車《ちゅうしゃ》場に停《と》めてある黒のポルシェに、「乗れ」とぞんざいにうながした。

「綺麗《きれい》な顔に似合わずスピード狂《きょう》か？」

「うるさい。それと、俺のそばにいるあいだ、綺麗だとか美人だとかくだらないことを言うな。今度言ったら殴《なぐ》る」

「くだらないことないだろ、ホントのことだってー……うわっ、アンタ……ちょっと、スピード出し過ぎ！」

エンジンが温まったのを見計らって一気にアクセルを踏《ふ》み込み、地下から弾丸《だんがん》のように飛び出した。御園のマンション周辺は閑静《かんせい》な住宅街で、車の通りも少ない。それをいいことに、大通りまでアクセルを思いきり踏み続けた。

「……おっそろしく乱暴な運転だな、おい。もうちょっとスピード落とせよ。こっちが怖《こわ》いじゃねえかよ～」

助手席で飯塚は冷や汗《あせ》を拭《ぬぐ》っている。それをちらっと横目で見て、少し気分が晴れた。

「おまえこそ、体格がいいくせにスピードに弱いのか」

「住宅街で百キロ以上出されたら誰でも怖いだろうが」

ふん、と鼻であしらい、御園は赤信号でギュッとブレーキを踏む。それと一緒《いっしょ》にがくんと飯塚がつんのめる姿はなかなかおもしろい。

「マジ、頼《たの》むから。制限速度守ってくれよ」

「おまえに指図されるいわれはない」

もしパトカーや白バイに見つかったら速攻《そっこう》、スピード違反《いはん》の切符《きっぷ》を切られそうな勢いで、あっという間に東京タワーへと到着《とうちゃく》した。麻布のマンションから東京タワーは目と鼻の先だ。

「スピード狂だってのは計算外だった……」

たった数分のドライブで汗をかいている飯塚は、速いものにほんとうに弱いらしい。少し青ざめた顔で車を降りる男を冷笑し、寒空の下、御園はさっさと歩き出した。

麻布に住んでいても、わざわざ東京タワーを見に来たのは今日が初めてかもしれない。マンションの窓からだって見える赤い鉄塔《てっとう》は御園にとってお馴染《なじ》みの風景で、とくに足を運ぼうという気が起きなかったのだ。

しかし、実際にその足下《あしもと》まで来て見上げてみると、かなりの迫力《はくりょく》だ。真っ赤な鉄骨が綺麗に組まれ、東京の空を飾《かざ》っている。

「大展望台まで、大人二枚」

飯塚が買ったチケットで大展望台までエレベーターで昇《のぼ》るあいだ、駐車場に停めたポルシェがぐんぐんとちいさくなっていく。

高い場所はちっとも怖くないが、普段《ふだん》目にしている景色よりも遥《はる》かに高い視点から東京中を眺《なが》め渡《わた》すというのも、結構新鮮《しんせん》なものだ。

「いい天気だなぁ。富士山まで見える。あ、あっちはお台場《だいば》だよな。あのへん、ずいぶん変わったんだなぁ。俺が覚えてる景色とはまるで違《ちが》う」

「ホントにお上りさんだな、おまえ」

大展望台で子どもみたいにはしゃいでいる男に向かって冷ややかに笑うと、「しょうがないだろ」と飯塚は肩をすくめている。

「十年近く日本を離《はな》れてたんだから、お上りさんにもなるって」

「一度も帰国したことがないのか？」

「ない。変に里心がつくのが嫌《いや》だったし、フランスで一旗揚《はたあ》げるまではなにがなんでも帰らないって兄貴たちと約束してたしな」

頑固《がんこ》なんだか、一途《いちず》なんだか、よくわからないが、とりあえず自分に課した責任を全《まっと》うしないと気がすまないたちらしい。

「じゃ、今回の帰国はおまえの家族にとっても嬉《うれ》しいことか。実家がフレンチレストランなら、ロゼの名前ぐらいは知ってるんだろう」

「まあな。俺としちゃ、まだまだフランスでやっていける自信があったけど、その前にアンタに惚《ほ》れたから」

「あのな……、俺は男なんだが」

「俺が日本を離れてるあいだに、同性を好きになっちゃいけないって法律でもできたのか？」

ところんずれている男に、なにをどう説明したらいいのか。怒《いか》りをとおり越《こ》して困惑《こんわく》してしまう。

「とにかく、コーヒーでも飲まないか」と大展望台の一角にあるカフェに誘《さそ》った。昼日中、東京タワーからの風景を楽しむひとびとでフロアはほどよく混雑しており、カフェもにぎやかだ。喫煙《きつえん》ブースのテーブルを陣取《じんど》り、互《たが》いにコーヒーを手にしたところで、御園はあえて視線をはずさずに訊《き》いた。

「……どういうきっかけで、俺に一目惚れしたっていうんだ」

「雑誌で読んだんだよ。去年の秋頃《ごろ》かな。ロゼのギャルソンとしちゃ抜群《ばつぐん》に若いのに、才覚もあるし、見映《みば》えもいい。なにより、客へのサービスが洗練されてるって記事とアンタの笑顔《えがお》が載《の》ってて、一発で惚れた。ちょうどその頃、俺にもロゼからの誘いがあってさ。ここはひとつ、御園克哉という男に懸《か》けてみるかって思ったんだ」

常識もなにもあったものではない、かっ飛んだ結論に、ため息しか出なかった。

——雑誌に載った写真を見ただけで惚れるなんて、アイドルに憧《あこが》れる子どもじゃあるまいし。

懸けてくれた気持ちそのものはありがたいが、男女間にあるような惚れた腫《は》れたという感情を持たれても困る。

しかも、たかだか雑誌の記事だけで一方的に好意を寄せるなんて、飯塚にはストーカー気質があるのではないかとすら勘《かん》ぐりたくなる。

実際、勝手に家まで来られたのだから、ストーカーだと警察に突《つ》き出してもおかしくないのだが。

ほとほと困り果てているのが、飯塚にも伝わったらしい。笑いながら、「アンタに惚れた理由は、もうひとつある」と言う。

「もうずいぶん昔のことだから、覚えてないだろう。アンタね、うちのレストランに一回来たことがあるんだよ」

「……え？」

「うちの親父《おやじ》がかなりのクラシック好きでね。アンタのご両親の演奏には相当惚れ込んでいたらしい。で、なんとかツテを辿《たど》って、うちのレストランで演奏会をやってくれないかって頼み込んだんだ。確かまだ、俺もアンタも四、五歳の頃だよ」

「覚えて、ない……。そんなことあったか？」

混乱する記憶《きおく》を探《さぐ》ったが、飯塚の子どもの頃の顔なんて覚えていない。ただ、昔から両親は気さくな人柄《ひとがら》で、とある楽団に所属しながらも、『私たちの演奏を聴《き》いてくださるというなら、どこでも行くよ』といつも言っていた。だから、飯塚の話のように、ちいさな町のレストランで小演奏をやることは結構あり、そういうときは御園はもちろん、兄や姉も付き添《そ》った。

そこに来るのは、いまのロゼが迎《むか》えるようなアッパークラスの客ではなく、もともと町に根付き、ささやかな暮らしをきちんと営む、ごく普通《ふつう》のひとびとだ。それでも、両親は楽しそうに演奏していたし、間近で聞こえる拍手《はくしゅ》にはもっと嬉しそうな顔をして頭を下げていた。

「……俺は演奏のほうには加わってないから、覚えてないのかな」

「だろうね。アンタの兄さんや姉さんぐらいの歳《とし》だったら覚えてるかもしれないけど、まだアンタ自身は椅子《いす》に座って床《ゆか》に足もつかないぐらい、ちっちゃかったし」

「おまえは、どうしてそんなにはっきり覚えてるんだ？」

「俺のつくったクッキーをまずいとアンタが堂々と言ったから」

にやりと笑う男に、心底目を丸くしてしまった。

どこをどう探っても、そんな記憶はない。

だいたい、外で食べるものに対して旨《うま》いかまずいかの判断はしても、失礼にあたるような態度を取った覚えはないはずなのだが、いかんせん、子どもの頃のこととなると自信がなくなってくる。

「いや、待てよ、その、……ほんとうにそんなこと言ったのか？」

「言った。あれは俺の渾身《こんしん》の一作で、初めてオーブンを使わせてもらった、いわばデビュー作なんだ。それをアンタはひと言、『まずい』と切り捨てやがった」

「嘘《うそ》だろ……」

「マジで。まー、あのときはいつになく緊張《きんちょう》してて粉は混ざりきってないし、砂糖も足りてなかったし、第一、半分は生焼けだったからな。他《ほか》の客や、アンタのご両親にはうまいことちゃんと焼けたやつがあたったんだけどよ、アンタにはうっかり生焼けクッキーを食わせちまった。そりゃ、まずいと言われてもしょうがないよな」

くく、と笑い、飯塚はコーヒーに口をつける。その目、その鼻筋、そのくちびるのどこかに少しでも覚えがあったらいいのだが、幼い頃からたくさんの店を食べ歩きしてきただけに、いくつか忘れていることもあるだろう。

「まずいクッキーを食った記憶はないんだが……」

「まずい、っつー記憶を残したくなかったから、速攻忘れたんじゃねえの？」

さらりとした口調で飯塚が切り返してきた。

「でも、俺にとっては十分ハートブレイクだったね。それまで親父の手伝いを細々させてもらって、『筋がいい』ってやっと認めてもらえるようになった頃なんだ。それで、ようやくオーブンを使わせてもらえることになった初舞台《はつぶたい》で、ああも見事に大ゴケするとは自分でも思ってなかったぜ。アンタはちいさい頃からぱっと目立つほどの美形でさ、店中の客の視線を集めてる最中《さなか》で、『まずい』とはっきり言い放ったんだ。あれで俺は、本気を出したんだよ」

「……どんな」

「いつか、腕《うで》のあるシェフになって、アンタに『旨い』って唸《うな》らせる料理を絶対につくってやるってね。……そういうわけで、にっくき御園克哉に一目惚れしたってのは、実際のところ、いまからさかのぼること二十四年前ってことになるな」

「根に持ってるのか？」

「だとしたら、どうする」

ぐっと迫《せま》ってくる顔に、思わず強張《こわば》ってしまった。

「四歳からこの二十四年、アンタに『旨い』って言わせるためだけに全精力を傾《かたむ》けてきたって言ったら、引くか？」

「当たり前だ」

「結構。いい反応だ。それでこそ、俺も腕のふるい甲斐《がい》があるってもんだ」

コーヒーを飲み干す飯塚の前で、頭を抱《かか》えたくなってきた。

まずい。ほんとうにまずい相手に目をつけられた。たかが四歳ぐらいの頃のことを引き合いに出されても困るだけなのだが、いまやロゼの顔にまでなった自分が、外で食べたものに『まずい』なんて失敬なことを言った過去自体、御園のプライドを傷つける。

他の者だったら、「そんなものは覚えてない」と強硬《きょうこう》に突っぱねるだけだろう。だが、御園は自分の舌と勘のよさ、記憶力にはおおいに自信を持っているのだ。

ロゼの客もすべてフルネームで覚えているし、誰《だれ》がどんなワインを好むかという細かな点も逐一《ちくいち》覚えている。

だからこそ、いまの地位があるわけなのだが、飯塚が持ち出してきた昔話がほんとうだとすれば、これは相当厄介《やっかい》だ。相手は、単なるシェフではない。老舗《しにせ》ながらも、だんだんと客が遠のきつつあるロゼを立て直すために欠かせないパートナーだ。しかも、その腕のよさは昨日、すでに立証されている。

「くそ……」

低く唸りながら、御園は目の前の男を睨《にら》んだ。

出会いは昨日ではなく、二十四年も前なのかと思うと、どうしても意識せざるを得ない。気が長いといおうか、恐《おそ》るべき執着《しゅうちゃく》心といおうか。とにもかくにも、彼のほうでは長いこと、幼い頃《ころ》の苦い経験を忘れずに、着々と腕を磨《みが》いてきたというわけだ。

――その想《おも》い方がねじれまくって、昨日のキスに繋《つな》がるのか？　彼にしてみれば、あれは、報復のひとつなのかもしれない。

ぼんやりと飯塚のくちびるを見つめ、その熱の深さを思い出すように、無意識に自分のくちびるをなぞった。

仕事だけに没頭《ぼっとう》していた近頃、あんな強引《ごういん》なキスをしてきた者はひとりもいない。

「……もしかして、昨日のキスを思い出してるのか？」

ひそやかな声にかっと頰《ほお》を火照《ほて》らせ、精一杯《せいいっぱい》のしかめ面《つら》で「違《ちが》う」とだけ言って席を立った。

仕事のことならともかく、こうしたことでこころの裡《うち》を見透《みす》かされて堂々としていられるほうではない。

けっして恋愛《れんあい》面に疎《うと》いわけではないのだが、この力関係はどうにも苦手だ。真正面から張り合うにはいろいろと足りない自分に眩暈《めまい》を覚え、ふらふらと歩き出した。

「どこ行くんだよ」

「トイレ」

「あ、じゃあ俺も」

飯塚がさりげなく追ってくることに、なぜか逃《に》げたくなった。狭《せま》い男子トイレに入り、ふたつしかない個室のひとつに閉じ籠《こ》もろうとすると、飯塚がむりやりあとから入り込んでくる。

「なにしてんだよ！」

「いや、ちょっと苛《いじ》めたくなっただけ」

「……ッ……！」

不穏《ふおん》な言葉に大声をあげそうになったが、背後から顎《あご》を強く摑《つか》まれてくちびるをむさぼられてしまえば、非難の声もかき消えてしまう。

「ん……っ……！」

昨夜の衝撃《しょうげき》が抜《ぬ》けていないところに、熱っぽいくちびるが何度もぶつかり、もがくそばから身体《からだ》中の力が抜けていくようだった。舌の先を悪戯《いたずら》っぽく噛《か》まれ、声があふれそうになるのを見計らって、大きな手がするっとセーターの下にもぐり込んでくる。

「なに、……おまえ……っ」

「へぇ、アンダーシャツ着てなかったんだ。乳首《ちくび》、弄《いじ》っていい？」

「バカ、やめろって、誰か来たら……！」

「アンタが声を出さなければいいだろ」

個室の壁《かべ》に押しつけられるようにして、御園は胸に溜《た》まる熱い息が喘《あえ》ぎにならないよう懸命《けんめい》に堪《こら》え、少しずつ、少しずつ吐《は》き出した。

カシミアのセーターは肌《はだ》にやさしく、一枚で着たほうがその心地《ここち》よさを体感できる。だからいつも素肌《すはだ》に直接着ているのだが、それがこんな形で裏目に出るとは思っていなかった。

「……ぅ……っ」

胸をまさぐる手が、熱い。女でもないのにそこを触《さわ》ってなにが楽しいのか、となじることでなんとか気をそらしたいけれど、胸全体を揉《も》み込むような手つきにしだいに頭の中までが白く蕩《とろ》けてゆく。

「……はな、せ……」

掠《かす》れ声の抗議《こうぎ》に飯塚は薄《うす》く笑っている。

「アンタさぁ、男との経験、ないだろ」

「……ないに決まってるだろ！」

「だよな。そうじゃなかったら、こんなに素直《すなお》に乳首を硬《かた》くしこらせたりしねえもんな」

「……ッ……く……！」

耳たぶを舐《な》められながら、少しずつ硬くなっていく尖《とが》りをくりくりと揉まれ、執拗《しつよう》にねじられた。そんなところで感じるはずがないと自分に言い聞かせても、「こっち、向いて」と強引に正面を向かされてくちづけられ、舌を甘く搦《から》め捕《と》られるタイミングと一緒《いっしょ》に熱く火照る尖りをきゅうっと押し潰《つぶ》されると、自分でもどうかしたんじゃないかと思うほどの鋭《するど》い快感がこみ上げてくる。

飯塚は、ことのほか深いキスを交《か》わすのが好きらしい。抗《あらが》う御園に構わず、舌の根元からきつく搦め捕り、口の端《はし》からこぼれるぐらいの唾液《だえき》をとろとろと流し込んでくる。

昨日よりもずっと濃《こ》い愛撫《あいぶ》に、罵倒《ばとう》も抵抗《ていこう》も役立たずだ。セーターの裾《すそ》をまくり上げられ、すっと冷たい空気が素肌を引き締《し》める。すぐに腰《こし》をかがめた飯塚に尖りきった乳首をくちゅくちゅと舐めしゃぶられ、あ、と大きく息を吸い込むしかなかった。

男の指で嬲《なぶ》られたそこはどうしようもなく熱く疼《うず》いて、熟し切った実のように真っ赤に色づいている。乳首の根元にきつく歯を立てられ、あまりの刺激《しげき》の強さに御園が眉《まゆ》をひそめて男の背中を叩《たた》くと、やっと普通《ふつう》に舐めてもらえた。

「……っん……」

だが、逆に、弱くなった舌遣いが身体の奥のほうにわだかまるうずうずとした熱を揺《ゆ》り起こすようで、自分でもどうしていいかわからない。

身体中で暴れ回る熱がだんだんと下肢《かし》へと集中していくのを、飯塚も悟《さと》ったのだろう。スラックスの上から軽く擦《こす》るだけにとどめ、「こっちは、また後で」と耳元で笑う。

「時間をかけて、味わうつもりなんだ。最初からいきなり挿《い》れられるんじゃ、アンタもつらいだろ？」

「バカなこと……言う、な……！　誰がそんなこと……っ」

挿れられる、という言葉に敏感《びんかん》に反応してしまったことで、乳首をいたぶる指先がさらにもどかしいものに変わる。

——誰がそんなこと許すか。飯塚と寝《ね》るなんて冗談《じょうだん》じゃない。

憤《いきどお》れば憤るほど、飯塚の舌と指がきつく、強く触《ふ》れてきて、頑丈《がんじょう》であるはずの御園の理性をゆるく切り崩《くず》していく。

「……は……っ」

狭い個室の中、弄られて、舐められて、噛まれた乳首がぴんと勃《た》ちきり、息もできないぐらいのキスに振《ふ》り回された。

飯塚の指がやっと胸を離《はな》れ、セーターを元に戻《もど》す仕草がたまらなく憎《にく》たらしい。快感を煽《あお》るだけ煽っておいて、中途半端《ちゅうとはんぱ》なところで手を引くなんて卑怯《ひきょう》じゃないかと罵《ののし》ろうとしたが、よくよく考えればそんなことを言うほうがよけいに火を点《つ》けてしまう。

まだ快感が残る目元でぎりっと睨んだが、迫力《はくりょく》に欠けてしまうのは自分でも承知していた。もちろん、飯塚もそのことを十分にわかっているようだ。

こんなにも短時間で、こころにも身体にも触れてくる男は初めてだ。

「アンタとフルコースは同じようなもんだよ。時間をかけて、少しずつ俺のモノにしてやる」

「——つけ上がるなよ!」

一方的に感じさせられたことが我慢《がまん》ならなくて、飯塚を突《つ》き飛ばすようにしてトイレを駆《か》け出た。

その晩の御園は、いつになく神経を尖らせていた。土曜の夜、新年のスペシャルディナーが二日目に突入《とつにゅう》したのもあるし、厨房《ちゅうぼう》では相変わらず石井が飯塚に食ってかかっているのも苛立《いらだ》つ要因だ。

だが、たぶんいちばん頭にくるのは、あの男がなんの断りもなしにこっちの領域へとずかずか踏《ふ》み込んでくることではないだろうか。

　東京タワーでの不埒《ふらち》な一件のあと、御園は飯塚を放《ほう》り出してひとりポルシェをぶっ飛ばした。悶々《もんもん》とする気持ちを、スピードに乗せて消してしまいたかったのだ。

　だが、夕方、店で会った飯塚は昼間のことも意に介《かい》さない様子で、てきぱきと準備を進めていた。

　——ほんとうに腹が立つ。なんで俺だけ苛々させられなきゃいけないんだ。

「よう、御園さん。ちょっと石井料理長をなだめてもらえないかな」

　開店一時間前、店内が整っているかどうかチェックしていた御園に、清潔なエプロンを巻いた飯塚が大股《おおまた》気味に近づいてくる。

「……なにやったんだ、おまえは」

「いや、べつに？　ただ、昨日の前菜とデザートとは違うものにするって言っただけなんだけどよ、なんかいきなり怒《おこ》り出した」

「当たり前だろ、バカ」

　ため息をつきながら、手近なテーブルのクロスをぴしりと伸《の》ばした。

　新年のスペシャルディナーは二日間続き、皆《みな》、こちらから招いた上流の客ばかりだ。ワインやシャンパンといった飲みもの類はのぞき、おおまかなメニューは統一している。

　こっちが勝手にメニューを変更《へんこう》してしまったら、客同士で、「別の日の客をひいきしているのか」と反感を持たれる恐《おそ》れがあるし、もともと用意していた食材をむだにしてしまうかもしれない。

眉間《みけん》に深い皺《しわ》を刻んだままそのことを指摘《してき》すると、飯塚は、「ああ、その心配はいらん」と平然と言う。

「俺だって、なにもいまある食材をむだにする気はないよ。ただ、昨日と違《ちが》うものをつくったほうが楽しいだろ」

「客の気持ちを考えたことはあるか？　自分が来てない日に旨《うま》そうなメニューが出ていたら、腹が立つだろうが」

「そのへんも考慮《こうりょ》ずみだって」

なにが可笑《おか》しいのか、飯塚は口元をゆるめて腕組《うでぐ》みをし、そばの壁にもたれる。

「あのさぁ、ロゼから客足が遠のいてんのは、アンタも知ってのとおりだろ。それって、頑固《がんこ》に現状維持《いじ》を貫《つらぬ》いてるからじゃねえの？　メニューが日替《ひが》わりになるぐらいでおたおたするなよ。それで来なくなる客は、最初から了見《りょうけん》が狭《せま》いだけの話だろ。好奇《こうき》心があって、気持ちにも余裕《よゆう》がある客なら、『あのメニューを食べてみたい』ってちゃんとやってくるって」

笑いながらも鋭いところを突いてくる男を、御園はじっと見つめた。彼が目先の気分でメニューを変更しようと言っているのではないことは、わかった。

だが、御園には御園の考えがある。

「たとえば今夜の前菜とデザートを変えたとして。それが口コミで広がったと想定して、おまえが言ってるような〝好奇心があって、気持ちにも余裕がある客〟が店に来るのはいつだ？いつか、なんて曖昧《あいまい》なことは言うなよ」

「まぁ、そのへんは、ある種の賭《か》けだよな。いきなりここでマスコミに媚《こ》びへつらって宣伝してもらうのも、ロゼとしての面子《メンツ》が潰れるだろう。ただ、……そうだな。いまやってる特別ディナーみたいなものを毎日違う形で提供していけば、遅《おそ》くとも三週間後にはなんらかの答えが出るはずだ」

「待てよ。このスペシャルディナーはとっておきのものだぞ。値段だって五万はくだらないし……そんなものをこれから三週間やるっていうのか？」

「それぐらいしないと、ロゼが変わることが客に伝わらない」

ばくちにも近い言葉に、御園は黙《だま》り込んだ。

「簡単だって。要は、日常に〝特別〟を盛り込めばいいだけだ」

「どういう形で？」

「たとえば、一日限定一組か、二組だけ請《う》け負うシェフお任せコース、とかな。どんな料理が出てくるか、瞬間《しゅんかん》まで客にはわからない。もちろん、前もって苦手な食材は訊《き》いておくが、その日入ってきた最高級の食材を使って臨機応変に対応するコースは、決まり切ったメニューに慣れた客にも新鮮《しんせん》に映るんじゃないのか？　この方法なら、ロゼの品格を落とすこともないし、コース価格を下げることもしなくていい」

「特別コースか」

悪い案ではない。すべてをシェフに任せるというやり方は、高級店ならではの楽しみだろう。だが、厳格なるフレンチを貫いてきたロゼがその場、その客の機嫌《きげん》を伺《うかが》いながらフレキシブルに動けるかどうか、石井をはじめ、もともとこの店を支えてきたシェフたちの意見を訊いてみないことには判断できない。

「その場合、ギャルソンだけじゃなくて、シェフがつきっきりで世話するのもいい。客の顔を見ながら次の料理を考えるのも楽しいだろ。この店には俺や石井料理長っていう力量のあるシェフがいるんだから、やってみるのもひとつじゃないか」

「自分で言うか……」

みずから、力量のあるシェフ、と胸を張る男には、日本人らしい「謙虚《けんきょ》」という美徳はないのだろうか。ため息をついたが、ただじっとしているわけにもいかない。自分だって、ロゼを変えていかなければいけないメンバーのひとりだ。

よくよく考えたうえで、ひとつ頷《うなず》いた。

「おまえのアイデアは悪くないと思う」

「だろ？　だからさ、いますぐ石井料理長に……」

ぱっと食いついてくる男を片手で軽く押し止《とど》めた。

「今夜からすぐに採用するのはやめておいたほうがいい。とりあえず、前菜とデザートは昨日のままでやっておけ。だいたい、着任初日から自分のやり方を貫くこと自体、石井料理長のような熟年シェフにとっては屈辱《くつじょく》なんだ。ロゼの変革は、チームワークをいきなり壊《こわ》してまでやるものじゃない。もうちょっとスマートなやり方があるだろう」

「どんなのだよ」

待ったをかけられた飯塚は、珍《めず》しく不満そうな顔だ。いままで、これ、と思ったことはすぐに実践《じっせん》してきたのだろう。

彼が少し前まで勤めていたフランスの三つ星レストランは、シェフひとりひとりの仕事意識がとかく高いと御園も聞いていた。

ただ黙っておとなしく下ごしらえしていたり、先輩《せんぱい》の顔色を窺《うかが》ったりしているだけでは、いつまで経《た》っても見習いの域を出られない。

そういう場所で一人前のシェフになるには、周囲の反感を買うことも恐れない忍耐《にんたい》力や、思いついた先から形にしていくだけの瞬発力が必要だ。

だが、ここは日本だ。昔ながらの年功序列という考えはどの職場にも根強く残っており、とくに「食」の世界は上下関係に厳しい。

ロゼでもそうだ。料理長の石井は勤続三十年を超《こ》えてもなお、料理に対する情熱や正確さの衰《おとろ》えを知らない。そんな彼に対抗《たいこう》するには真正面からぶつかるのではなく、用意周到《しゅうとう》に事を進めていったほうがいい。

「今夜、店じまいしたら、おまえがやろうとしている〝シェフのお任せコース〟を、俺と大橋支配人相手にやってみろ。余った食材だけでもいいものがつくれれば、石井料理長たちにも、『こういうやり方を採り入れてみよう』と提案できる」

「焦《じ》れったいやり方だな。四の五の言わずにガツンと一発やってみりゃいいのに」

「そう勇み足になるな。ここは日本で、フランスじゃない。おまえの意見が全部とおるわけじゃないんだ。突然《とつぜん》の方針変更はロゼの格を下げることにもなりかねないんだ。慎重《しんちょう》にいかないと、おまえの値打ちも下がるぞ」

「慎重すぎて好機を逃《のが》すのはごめんなんだけどな。……まあ、しょうがない。アンタがそう言うなら、ナイショでやるか」

肩《かた》をすくめた男が呟《つぶや》く、「ナイショ」という子どもっぽい言葉に、しかめ面《つら》も忘れてちいさく吹《ふ》き出した。

――ちいさな子どもが、そのまま、大きくなったみたいだ。負けず嫌《ぎら》いで、自分のやりたいようにやるこいつは、料理に対しても怖《こわ》いもの知らずで、好奇心旺盛《おうせい》で、新しいことに果敢《かかん》に挑戦《ちょうせん》していくタイプなんだろう。

つい昨日、顔を合わせたばかりなのに、飯塚の持つ強い力に引きずられていることは、内心、否《いな》めない。

――「惚《ほ》れた」なんてバカなことを言って触《さわ》ってくるから、よけいに意識するじゃないか。

昨晩のキスや、今日の昼間の悪戯《いたずら》が、嫌《いや》でも頭の片隅《かたすみ》に根付いてしまう。とはいえ、ここはあえて気を引き締《し》めて取りかからなければ。いまの自分は、恋愛沙汰《れんあいざた》に頭を痛めるよりも、ロゼをどう変えていくかということに、こころを傾《かたむ》けなければいけない立場だ。

真面目《まじめ》な顔を取り戻《もど》し、咳払《せきばら》いをして、「とにかく、また後で」と言うと、飯塚のほうも、「ああ、また後でな」と笑いながら、素早《すばや》く身体《からだ》を寄せてくる。

自分よりも一回り大きな影《かげ》が落ちてくることに胸がはやり、無意識に後ずさろうとしたが、相手のほうが速かった。薄暗《うすぐら》いホールでほんの一瞬《いっしゅん》、熱っぽいくちびるでふさがれて甘く舐《な》め取られ、眉《まゆ》を吊《つ》り上げたときにはもう遅い。

「飯塚……！」

小声で怒鳴《どな》っても、飯塚は楽しげに鼻歌を歌いながら厨房《ちゅうぼう》へと消えていく。

ロゼに来る無数の客の機嫌を敏感《びんかん》に読み取る自分が、どうして飯塚相手にはいつもいつも先手を取られるのか。

歯軋《はぎし》りしつつ、御園は壁《かべ》にかかる絵や鏡をひとつひとつ、執拗《しつよう》なまでに角度を確かめていく。綺麗《きれい》に磨《みが》かれた鏡には、怒《いか》りと羞恥《しゅうち》で赤らむ顔が映り込んでいる。

せっかく忘れかけていた昼間の悪戯がいまの他愛《たわい》ないキスで一気にぶり返し、身体の隅々《すみずみ》にまできわどい情欲を行き渡《わた》らせていくようで、たまらない。

「……くそ、しっかりしろ！」

うっすらと浮《う》き出た額の汗《あせ》を拭《ぬぐ》い、御園は黙々《もくもく》と開店準備を続けていった。あんなキスぐらいで動揺《どうよう》していることを認めたくない。けれど、飯塚は絶妙《ぜつみょう》なタイミングで触《ふ》れてくるから、飢《う》えた気分は刻々と強くなっていく。

それが顔に出たのかどうだか知らないが、完璧《かんぺき》な笑顔《えがお》で客を出迎《でむか》えた御園に、「どうしたの。今日はいつにも増して色っぽいね」「誰《だれ》か、気になるお相手でもできたの？」と冗談《じょうだん》交じりの声が次々にかかり、「お褒《ほ》めいただいて光栄ですが、私が気に懸《か》けるのはロゼとお客様のことだけです」と返すので精一杯《せいいっぱい》だった。

新春ディナー二日目も盛況《せいきょう》のうちに終わり、テーブルを回って挨拶《あいさつ》した石井やギャルソンたちも、ほっとした顔で客を見送った。

何年勤めていても、客が来るか来ないか、来てくれたとしても極上《ごくじょう》の笑顔で帰ってもらえるだけの料理を出せているか、悩《なや》みは尽《つ》きないものだ。

「今日の飯塚はどうでしたか」

帰り支度《じたく》を調《ととの》えてホールに出てきた石井に声をかけると、きっちりとしたツイード生地《きじ》のコートに身を包み、右手にちいさな花束を持った老練シェフはしかめ面だ。

「まあまあ、ですな。まだ油断はできませんが。あの小僧《こぞう》がフランスの三つ星レストラン帰りだってことを振《ふ》りかざして、いま以上にしゃしゃり出てくるようでしたら、私も引退を考えなきゃいけませんな」

「そうおっしゃらないでください。確かに飯塚はフランス帰りですが、石井料理長の熟練した味に惚れ込んでいるお客様は多いんですよ。そのことは、石井料理長ご自身がよくご存じでしょう。今日も、テーブル挨拶のときにちいさなお子さんがあなたに握手《あくしゅ》を求めてらしたじゃないですか」

「ああ、はい。可愛《かわい》らしいお花もちょうだいしました」

少し照れた様子で、石井が頭をかいている。

日頃《ひごろ》、ロゼは大人の客ばかりで埋《う》め尽くされる。あえて子ども連れ禁止とは言っていないのだが、値段や料理内容を考えたとき、幼い子を頻繁《ひんぱん》に連れていく店ではないと御園も思う。だが、常連の多い新春ディナーは、家族連れも結構見かける。

夜十時ぐらいに送り出した四人連れの家族に、小学生になったかならないかという女の子がいた。

きちんとしつけをされているらしく、幼いながらもテーブルマナーを守り、子ども用のコース料理を一生懸命《いっしょうけんめい》食べている可愛らしい姿に、周囲の客も、ホールをチェックするギャルソンや御園も思わず微笑《ほほえ》んだほどだ。

そして、食後に石井が挨拶に向かったとき、その子が、ちいさな花束を手渡《てわた》してくれたのだ。

『とてもおいしかったです。ごちそうさまでした。これから一年間、またがんばってください』

一家を代表して花束を差し出した女の子に周囲のテーブルからも温かい拍手《はくしゅ》が起こり、普段《ふだん》、頑固一徹《がんこいってつ》な石井も相好を崩《くず》し、『ありがとうございました。またのご来店をこころよりお待ちしております』と嬉《うれ》しそうに花束を受け取り、ごつく大きな手で握手していた。

「あんな可愛いファンがついてくださっているんですから、石井料理長にはまだまだ頑張《がんば》っていただかないと」

「まあ、そうですがね。あの女の子、御園副支配人がまだちいさなときの頃《ころ》を思い出させてくれましたな。あなたも、あれぐらいの歳《とし》の頃にロゼに初めて来てくださったでしょう。ちいさいのに行儀《ぎょうぎ》がほんとうによくて、三つ揃《ぞろ》いのスーツを着てなければ女の子かと間違《まちが》うところでしたよ」

「意地悪いことを言わないでくださいよ」

苦笑《くしょう》して、御園は年嵩《としかさ》のシェフのマフラーをきちんと巻き付けてやった。

「あれ以来、石井料理長のつくるロゼの味は私にとって憧《あこが》れの対象です。その気持ちはいまも変わりませんが……、やはり、このへんで少しずつ店の方針を変えていかないと、ロゼも生き残れません」

「気前のいいお客様が減りましたからな。衣食住を考えたうえで、『食』を削《けず》るひとびとが増えた時代に入ったことは頭じゃわかってるんですが、あの小僧の強引《ごういん》なやり方を見ているとどうにも腹の虫が治まらんのです」

「飯塚が強引な点については、私も同意します。でも、もう少し長い目で見てやってくださいませんか。飯塚もいろいろと試《ため》してみたいようなんですよ。いまはまだ、彼の考えを実現させるのは時期尚早《しょうそう》だと釘《くぎ》を刺《さ》してあります。石井料理長のお目に適《かな》う形になりましたら、お知らせしますから」

「……わかりました。御園副支配人の言葉を信じましょう。それじゃ、また週明けに」

「お疲《つか》れさまです。お気をつけて」

石井を見送ると、店内はとたんに静まり返る。すぐに厨房に向かうと、綺麗に磨き抜《ぬ》かれたステンレス台の一角に、大橋支配人が座っている。すぐ隣《となり》で、飯塚がフライパンを熱していた。

「飯塚、夕方に言ってたシェフのお任せコースというのをやってみてください」

「了解《りょうかい》。今夜余った食材で、とびきり旨《うま》いモノをつくりますよ」

器用にウインクした飯塚が巧《たく》みな手さばきで、次々に料理を生み出していく。前菜は、あの黒い薔薇《ばら》。実際に食べてみると、イカスミのとろりとしたソースがムール貝によく合っている。

「うん。やっぱりこの前菜は目にも華《はな》やかだし、味も絶品だよ。ロゼの新しい顔としてうってつけだ」

大橋支配人の言うとおり、白い皿に咲《さ》く大きな黒薔薇は芸術的なまでに美しく、味わい深い。

その後、もう一皿、手の込んだ前菜が出され、メインからデザートまで、飯塚はこっちの食べるスピードを見計らいながら、取るに足らない世間話などしつつ、余った食材だけでかくも見事な逸品《いっぴん》を出してくる。

ボリュームのある仔牛《こうし》のローストも絶妙な焼け具合で、大橋と御園が綺麗に食べ終えたところで、「ワインでも呑《の》みますか」とボトルを傾けてくる。

「このワイン代は、俺の給料から引いてくれて構いません」

「いやいや、そこまでせこいことはしないよ。きみも呑みなさい」

「じゃあ、ありがたく。御園さん、注《つ》いでもらえますか？」

仕方なく、言われるままに注いでやり、「乾杯《かんぱい》」と三人であらためてワイングラスを触れ合わせた。

「どうですか、俺の料理は」

「いやぁ、ほんとうに旨かった。余りものだけで、よくまあやってくれたもんだよ。これをシェフのお任せコースとしてやってみるのは、私としては大賛成だね」

「御園さんはどうですか？　旨かったですか？」

まっすぐに射貫《いぬ》いてくる男に、ナプキンで口元を拭う御園は平静を装い、「いいんじゃないですか」と素っ気なく答えた。

じつのところ、びっくりするほど旨かった、というのが本音だが、昼間に言われた言葉が頭の隅《すみ》に引っかかっている。

『腕《うで》のあるシェフになって、アンタに『旨い』って唸《うな》らせる料理を絶対につくってやる』

いま食べた料理がまさしくそれなのだが、そのままずばりを口にしてやるのは悔《くや》しいし、最初から簡単に妥協《だきょう》したくない。

「コストパフォーマンスの点では文句ありません。でもまあ、これぐらいのものなら、石井料理長もつくれると思いますが」

「石井料理長が、客と楽しく喋《しゃべ》りながら器用に料理づくりができると思うか？」

「お客様皆《みな》さんが、シェフと喋ることを要求していると思い込むのは間違ってますよ。静かに料理を味わいたいという方もいらっしゃるでしょうし、大切なひとと落ち着いた会話を楽しみたい方もいらっしゃるはずです」

御園の言葉が的を射ていたのだろう。

おもしろいぐらいに飯塚がむっとした顔をするのを見て、大橋支配人が、「いやいやいや、味はよかったよ」と慌《あわ》てて取りなしてくる。

「どんなサービスがいいかというのは、ひとそれぞれだからね。たとえシェフが目の前にいていろいろとふるまってくれたとしても、御園くんの言うように、お客様の気配を察して、ときには裏方に徹《てつ》するのも、このコースでは大事なことだね」

「……ま、そうですね」

ふてくされた顔を見せるが、すぐに飯塚は、「最後のデザートを」と言って赤い薔薇のクレープアイスを載《の》せた皿と熱々のコーヒーを出してくる。

メイン料理を平らげてワインを呑み、ちょうどいい感じに消化したところでデザートを出してくる飯塚の勘《かん》というのは、やはり侮《あなど》れない。

タイミングを読むうまさは別格だなと褒《ほ》めるのはこころの中だけにしておいて、品のある甘さとコーヒーを楽しみ、「ごちそうさまでした」と丁寧《ていねい》に礼を言ってナプキンを畳《たた》んだ。

「百点満点中、八十五点という出来じゃないでしょうか」

辛口《からくち》な御園に、飯塚は「マイナス十五点の理由は？」と強気の視線を向けてくる。

「やはり、シェフにすべて任せてしまうのは楽しみなようでいて、なにが出てくるか不安な点で、マイナス五点。このコースを実現させるなら、もう少しお客様にメニュー内容を説明してあげたほうがいいかと思います。それから、あなたの自信過剰《かじよう》ぶりが鼻につくのでマイナス十点」

「……客の前ではもっとおとなしくやるって」

図星を指されてさすがに面食《めんく》らったのか、頭をかいている飯塚に、大橋が堪《こら》えきれないふうに笑い出した。

「昨日今日顔を合わせたわりにはいいコンビじゃないか。同じ歳だからかな、いい雰囲気《ふんいき》だよ」

「そうですか？」

懐疑《かいぎ》的な声になってしまうのは、これ以上、飯塚にずかずかと近寄られることを無意識に牽《けん》制《せい》しているせいだろう。

――いい雰囲気とか適当なことを言うと、こいつのことだ、ますます図々《ずうずう》しく言い寄ってきそうだから、いまのうちに距離《きょり》を空けておかないと。

「まぁ、でも、八十五点ならいいほうか。コース内容をもうちょっとあきらかにする点については問題ないし、あとは俺自身、御園さんがお気に召《め》すように猫《ねこ》をかぶりゃいいわけだし」

「付け焼き刃《ば》の態度はすぐにボロが出るぞ」

「大丈夫《だいじょうぶ》だって。なんとかするって」

「適当に言うな！」

まるで真面目《まじめ》にとらえていない男をしまいには怒鳴《どな》りつけてしまい、大橋は声をあげて笑っている。

「ロゼ始まって以来のクールビューティと名高い御園くんを、ここまで怒《おこ》らせる奴《やつ》も初めて見たよ」

「あー、クールビューティね。確かに当たってる当たってる」

「大橋支配人も変な冗談《じょうだん》を言わないでください」

大橋も飯塚も可笑《おか》しそうに笑い、怒り狂《くる》っているのは自分だけかと思ったらよけいに腹が立ってくる。

「今夜のところは、これで失礼します」

さっさと着替《きが》えて帰ろうとすると、「あ、ちょっと待てよ」と飯塚の声がかかった。

「遅《おそ》くなっちまったから、車で送ってくれよ」

「タクシーで帰ればいいでしょう」

「まあ、そう冷たいこと言わないで。きみらが力を合わせてくれることで、ロゼも変わっていけるんだから」

妙《みょう》なところで大橋が突っ込んでくるものだから、飯塚も調子よく、「そうそう」と頷《うなず》く。いまさらだが、ほんとうに図々しい男だ。

飯塚が厨房《ちゅうぼう》を片付けているあいだに、大橋が楽しげに、「また週明けに」と手を振《ふ》って帰っていった。毎週日曜は、ロゼの休店日だ。とりあえず、明日一日は厚かましい男の顔を見なくてすむと自分に言い聞かせ、コートを羽織ってロッカールームを出てきた飯塚の先を歩いた。

ロゼの専用駐車《ちゅうしゃ》場には、黒のポルシェがぽつんと取り残されている。「乗れ」と顎《あご》をしゃくると、助手席に飯塚がすべり込む。

「赤坂のホテルだったよな」

「いや、あそこはもう引き揚《あ》げた。いい部屋、見つけたんだ」

「いつ」

不審《ふしん》そうな顔を向けると、窓枠《まどわく》にもたれた飯塚が目《め》の端《はし》だけでちらりと笑う。

「今日の昼間、東京タワーでアンタが俺を突き飛ばして帰ったあと。あ、その道を曲がって、デカい交差点に出たら左に入って」

「……おまえ……」

じわじわと押し寄せる嫌《いや》な予感が、ステアリングを回す手を鈍《にぶ》くさせる。

「えーと、そこの大きい木が植わった家の角を曲がって……ああ、あそこ。正面にあるマンションが俺の新居ね」

「あそこは俺が住んでるマンションじゃないか！」

御園が激怒《げきど》するのもむりはない。飯塚が案内してみせた先は、ロゼに勤めて以来ずっと住んでいるマンションだ。賃貸《ちんたい》だが、麻布という土地柄《とちがら》、セキュリティも万全《ばんぜん》で、2LDKというコンパクトな造りが気に入っている。

「うまい具合に下の階に空き部屋があったんで、速攻《そっこう》、今日の昼間に契約《けいやく》したんだ。今日からご近所さんってことで、まあひとつよろしく」

一方的に握手《あくしゅ》され、思いきりぶん殴《なぐ》ってやろうかと思ったが、長かった今日一日のことをつらつら思い出しているうちにどっと疲《つか》れが押し寄せてきた。

無言で駐車場に車を入れて派手な音を立ててドアを閉め、エレベーターで彼が六階、七階とボタンを押すのを憂鬱《ゆううつ》な気分で眺《なが》めた。六階は彼が借りた部屋、七階は御園が住む部屋がある。

——職場も住むマンションも同じなんて、最悪だ。

一気に機嫌《きげん》が悪くなったのを、飯塚も悟《さと》ったのだろう。エレベーター内ではとくに言葉を交《か》わさなかったが、六階でドアが開くなり、「ちょっとうちに来いよ」と腕を摑《つか》まれ、驚《おどろ》いた隙《すき》にぐいぐいと引っ張り出された。

「なんだよ、なんの用なんだよ！」

夜遅い時間であることに周囲を気遣《きづか》って小声でなじると、飯塚が思いのほか真面目な表情で振り向く。

「さっきやった、シェフのお任せコースのおさらいをしておきたくてさ」

「でも、今日引っ越《こ》したばかりなんだろ。調理器具だってろくにそろってないんじゃないのか。だいたい荷解《にほど》き自体してないだろうが」

「必要最低限のものは出してあるよ。いつも使ってるフライパンとか鍋《なべ》とか皿とか。あ、あと、ソファと冷蔵庫とテレビとベッドは五分で買って即納《そくのう》させた」

「……なんだよ、その速さは……」

即断即決という言葉を体現しているような男に、眩暈《めまい》がしてきた。

六階のいちばん奥にある部屋の扉《とびら》を開き、「どうぞどうぞ」と飯塚が笑顔《えがお》でうながしてくる。

「気兼《きが》ねなく入ってくれ」

どこまでも面《つら》の皮が厚い男をぎらりと睨《にら》み、御園は、「……お邪魔《じゃま》します」と呟《つぶや》いて玄関《げんかん》の隅《すみ》で靴《くつ》を脱《ぬ》いだ。

「ホント、アンタっていいしつけをされてるよな。こんな場所でも絶対に挨拶《あいさつ》を欠かさないし、マナーもばっちりだ」

「からかってるだけなら本気で殴るぞ」

「褒めてるんだって」

横顔で笑う男はコートを脱ぎ、室内の灯《あか》りをぱちりと点《つ》ける。

「ほんとうにテレビとソファしかないんだな」

引っ越してきたばかりの部屋だけあって、荷解きがされていない段ボール箱が積まれた室内は殺伐《さつばつ》とした雰囲気だ。

濃紺《のうこん》のソファが唯一《ゆいいつ》の彩《いろど》りで、大型液晶《えきしょう》テレビと向かい合っている。冬の寒さが染《し》み渡《わた》る部屋だが、もともと空調設備がつけられているので、スイッチを押せば五分もしないうちに暖かくなる。

「カーテンはないのか」

「そこまではさすがに時間がなかった。ま、今度、暇《ひま》なときにでも買いに行くから、つき合ってくれよ」

「あのな、なんで俺がそこまでおまえに時間を割《さ》かなきゃいけないんだ？　いい加減にしろよ」

昨日今日の出来事で積もり積もった鬱憤《うっぷん》に任せ、御園は声を荒《あら》らげた。

「黙《だま》って聞いてれば、惚《ほ》れたのなんだのって適当なことばかり……言ってるそばから勝手に触《さわ》るな！」

カーテンもかかっていない部屋で腰《こし》を引き寄せられそうになり、慌《あわ》てて逞《たくま》しい両腕《りょううで》から逃《に》げ出した。

「反射神経いいよなぁ、アンタ。追い詰《つ》める甲斐《かい》があるってもんだ」

「バカなこと言ってるんじゃない！　仕事の話をしないなら帰るぞ！」

顔を真っ赤にして怒《おこ》ると、飯塚はにやにやしていた顔をすっと引き締《し》め、「そうだったよな」と頷く。

「まずは仕事の話からしておくか。ソファに座れよ。ビールでいいか？」

買ったばかりの大型冷蔵庫を開く男に、「……ああ」と投げやりに返事した。

ほんとうに嫌ならいますぐ帰ればいいものを、飯塚がすんでのところでころっと態度を変えるから、引き際《ぎわ》を見失ってしまう。

のろのろとコートを脱ぎ、冷えた缶《かん》ビールのプルトップを引き抜《ぬ》くと、「お疲れさん」と隣《となり》に腰を下ろす飯塚が缶ビールの縁《ふち》を触れ合わせてくる。

「おまえのせいでほんとうに疲れた」

「悪い悪い。でもまぁ、なにごとも最初が肝心《かんじん》だろ。俺って男の印象をきつく刷《す》り込んでおけば、ロゼの華《はな》と称《しょう》されるアンタの目にも留まるかなと思ってさ」

「きつくしすぎだろう。それに、華ってのが俺の顔のことを言ってるならぶっ飛ばす」

「なんでそこまで怒るんだよ。綺麗《きれい》な顔してるのはホントのことだろ？　おとなしく褒《ほ》められとけよ」

「男に言われても嬉《うれ》しくない」

　ぶつくさ言いながらビールを呑《の》み、「それで？」と御園は斜《はす》な感じで睨んだ。

「シェフのお任せコースについて、どのへんをおさらいしておきたいんだ」

「ん、アレな。今日のところはテストだったし、偶然《ぐうぜん》にもいい食材が余ってたから内容的にも問題なかったけど、実際は余りものを使うわけじゃないから、もっとコストパフォーマンスがかかるものになると思う。それこそ、より吟味《ぎんみ》した食材を使うコースにした場合、ひとり頭、五万から七万近くはいくと思うんだよな。そのへん、石井料理長はＯＫを出すと思うか？」

「……まあ、あのひとの場合は、ロゼの品格を落とすことのほうが嫌だろうから、いい材料を使って贅沢《ぜいたく》なコースをやること自体は文句ないだろうけど……、いままで以上に客を選ぶコースになるじゃないか。それじゃ、結局、店の変革には繋《つな》がらない」

「でも、これはこれでアリなんじゃないのか？　アッパークラス対象のスペシャルコースというイメージを強調すれば、確実にその層の客は来る。ただ、普通《ふつう》のひとびとは、一食に五万も七万もかけられない。でも、ロゼの味は知ってみたい。アンタの店、ランチをやってないだろ。とりあえず、シェフのお任せコースとはまたべつに、ランチを始めてみるのはどうだ？」

「ロゼがランチを？　曲がりなりにも、うちは老舗《しにせ》のフレンチレストランだぞ。それこそ、お手軽すぎるイメージがついて、石井料理長が嫌がりそうじゃないか」

　思ってもみない言葉に、顔をしかめた。だが、そのぐらいは飯塚も予想していたらしい。軽く肩《かた》をすくめるだけだ。

「だから、格差をつければいいんだって。昼は三千円ぐらいのコース料理でミドルクラス向け、品数も減らすが、味は落とさない。そのぶん、夜はいままで同様、もしくはシェフのお任せコースのようなスペシャルディナーで格を上げればいい。とにかく、いまは、もっと広い客層にロゼの味を知ってもらうべきなんだ。そうしないと、プライドばかり高い店として名前だけが広まって、遠からず閉店の憂《う》き目に遭《あ》うぞ」

ことのほか真面目《まじめ》な声に、御園も真剣《しんけん》にならざるを得なかった。

彼の言うとおり、『ロゼ・ノワール』の名前は多くのひとが知っているだろうと思う。雑誌でも、「一度は行ってみたい名店」と取り上げられるぐらいのクラスだ。けれど、味そのものに惚れている客となると、どうしても数は限られてくる。

もう少し気さくな店であれば、ランチもディナーもやっているだろうが、ロゼは創業以来、ディナーだけに力を注いできた。

慌ただしい昼の時間帯に、フレンチを楽しみたいという客は少ないだろうというのが古くからの支配人たちの考えだったから、これまでずっと、ロゼの開店は夜六時以降としてきたのだが、飯塚の言うとおり、もっと多くのひとびと、客層に名店の味を知ってもらうためには、手の出しやすい価格帯でのランチをやることも必要かもしれない。

しかし、そうなると、シェフやギャルソンたちの出勤時間帯も変わることになり、現場からも異論が噴出《ふんしゅつ》しそうだ。

「ランチをやるにしても、シェフのお任せコースをやるにしても、いろいろと問題がありそうだな……」

「でも、なにもしないよりはいいだろ？」

「まあな」

現状をなんとか変えなければいけないのが、自分たちの使命だ。

渋々《しぶしぶ》頷《うなず》くと、口元をほころばせた飯塚が覆《おお》い被《かぶ》さってきて、ほとんど飲み干した缶ビールを取り上げる。

「以上、仕事の話は終わり」

またも不埒《ふらち》な熱が近づくことに御園はとっさに逃げようとしたが、がっしりと抱《だ》きすくめられてしまって動こうにも動けない。

「なんだよ、なにするつもりなんだ」

「昼間の続き。お互《たが》いに、もう少し、深いところまで知り合ったほうがいいだろ」

「誰《だれ》がそんなこと……っ……んっ……っ！」

非難の声は強いキスにかき消えてしまい、昼間の熱が唐突《とうとつ》にぶり返すようだった。

今度は飯塚も容赦《ようしゃ》なく、最初からきつく舌を搦《から》め捕《と》ってくる。溜《た》めに溜めていた情欲をぶつけるようなくちづけに喘《あえ》ぎ、残り少ない理性をかき集めてなんとか男の身体《からだ》を押しのけようとしたが、昼間同様、びくともしない。

「やめろって、……俺はこんなこと、するつもりで来たんじゃ……」

「口先でごまかすのもほどほどにしとけよ。昼間、乳首《ちくび》を弄《いじ》ってやったとき、スゲェ感じてたのは誰だ」

「あ、あれは……おまえが……」

勝手にやるから、という言葉を口にする前に、腕《うで》を摑《つか》まれて灯《あか》りの点《つ》いていない寝室《しんしつ》に押し込まれた。

冷えた室内に、ワイドダブルのベッドがぽつんと置かれている。シーツは敷《し》いてあり、毛布と枕《まくら》も置いてある。この部屋もカーテンはかかっていない。

ベッドに突《つ》き倒《たお》され、もがいた隙《すき》にセーターを押し上げられ、早くも硬《かた》くしこる尖《とが》りを指でつままれ、「――あ」と背中をそらした。

寒さと、飯塚の手による快感で肌《はだ》がざわめいていく。

「抜群《ばつぐん》の感度。……舐《な》めると、もっと気持ちいいんだろ?」

「ん、ちが……っ……」

男の愛撫《あいぶ》を覚え込まされた乳首はぴんと勃《た》ちきり、舐めやすくさせてしまう。先端《せんたん》が赤くふくらんだところを飯塚の舌で、くちゅ、ちゅく、と舐《ねぶ》られ、もどかしい感触《かんしょく》に声を殺すのも難しい。

根元をきつく嚙《か》まれて痛みに呻《うめ》くと、嘘《うそ》のようにやさしく、すうっと乳暈《にゅううん》を舐め回され、またたく間に全身が熱くなっていく。

こりこりと濡《ぬ》れた乳首を転がしながら、飯塚の手がスラックスの上から形を確かめるようにゆっくりと動く。じかに触られるよりも妙《みょう》に恥《は》ずかしい感覚に、御園は頭《かぶり》を振《ふ》って抗議《こうぎ》したが、淫猥《いんわい》に張りついた指が性器の形をくっきりと浮《う》き上がらせてしまう。

「いまから、なにをするか教えてやろうか」

耳たぶを嚙みながら囁《ささや》く男はひどく楽しそうだ。

「アンタの乳首をベチョベチョに舐めまくって、スラックスを脱《ぬ》がして、先走りでやらしい染《し》みをつくってる下着も脱がしてやる。こうしてるあいだにも、もう濡れてトロトロになってるだろ。舐められるの、好きか？」

最低最悪の卑猥《ひわい》な言葉遣《ことばづか》いに、頭の中が沸騰《ふっとう》しそうだ。

——冗談《じょうだん》じゃない。誰がこんなバカの言いなりになるか。

暴れまくったが、淫《みだ》らな言葉がじわじわと意識に染み込み、身体中をまさぐられることで、力がだんだんと抜《ぬ》けていく。

「……くそ、……やめっ……」

「あー、イイ顔する。俺、アンタの怒《おこ》ってる顔がいちばん好きかも。乳首もさっきより硬くなってるぜ」

好き勝手な振る舞《ま》いをする男をぎっと睨《にら》み付けたが、それすらも彼を煽《あお》る火種になるようだ。四肢《しし》を絡《から》み付けられてしまえば、ろくな抵抗《ていこう》もできない。

スラックスの前を開いていく音をいたたまれない気持ちで聞いた直後、下着の上からぐしゅぐしゅと揉《も》み込まれ、とうとう声を漏《も》らしてしまった。

「……んっ……あ――あぁ……っ」

「うわ、脳髄《のうずい》にクる声だな、おい」

「う……」

下着の脇《わき》から出たり入ったりする指に性器を引っかかれ、嫌《いや》でも反応してしまう。ぐんと反り返るペニスを下着の脇からむりやり引きずり出されるのが、たまらなく恥ずかしい。脱がすならいっそ全部脱がしてほしいのに、半端《はんぱ》な形で性器の昂《たか》ぶりをさらけ出されて、先端の割れ目にくりゅっと指を埋《う》め込まれたとたん、身体の奥から強い熱がどっとあふれ出すようだった。

「いや、だ……はなせ……て……っ」

「冗談。こんなに感じやすい身体もそうそうねえよ」

「ん――ん、んっ……ぁ……っ！」

飯塚の短い髪《かみ》がするっと下腹に触《ふ》れたと思ったら、勃起《ぼっき》したものをいきなり根元からしゃぶりあげられ、懸命《けんめい》に抑《おさ》え込んでいた感情が爆発《ばくはつ》しそうだ。

ぐちゅ、じゅぽっ、と露骨《ろこつ》な音を響《ひび》かせる口淫に溺《おぼ》れまいと必死にシーツを摑んだが、下肢を覆う熱はあまりにも淫らだ。

飯塚の愛撫は的確すぎて、最初からど真ん中を狙《ねら》ってくるような勢いだ。蜜《みつ》の詰《つ》まった陰嚢《いんのう》を熱い口の中で転がされ、軽く吸われるやり方も、亀頭《きとう》からくびれにかけてぐるっと執拗《しつよう》に舐められるやり方も、どれもこれも初めて味わうものばかりだ。

「……も、……触《さわ》んな……っ」

同じ男に、乳首を丸くこねられてペニスを咥《くわ》えられ、息を喘がせているなんて嘘だと思いたい。悪夢だ。

だが、飯塚もしつこい。唾液《だえき》と御園自身の愛液でぬるぬるになった性器をゆるく扱《しご》いてきて、「イけよ」と囁いてくる。

「俺だけに克哉のよがる顔を見せろよ」

「……あ……っぅ……っ」

掠《かす》れた声で名前を呼ばれるとほんとうに裸《はだか》にされたような気分になって、爪先《つまさき》からひと息にぞくぞくするような快感が駆《か》け上がり、御園を絶頂に追い詰める。

「あっ……あぁ……っ」

びゅくっとほとばしる精液で男の手を濡らし、御園は潤《うる》む目元をなんとかそむけたが、まだ快感の名残《なごり》が身体中に散らばっていて、飯塚の体温を感じるだけで無意識にひくんと喉《のど》が鳴ってしまう。

「濃《こ》い味してるじゃねえか。綺麗《きれい》な顔して、やらしい身体なんて最高だよな」

指先からつうっと垂れ落ちる残滓《ざんし》を舐め取る飯塚をなじろうとした矢先に、手を摑まれ、彼の下肢へとあてがわされた。

スラックスの上からでもはっきりわかるほどに硬く、大きく盛り上がった塊《かたまり》に、身体の奥がずくりと疼《うず》く。

「今度は俺も一緒《いっしょ》だ。克哉、まだイけるだろ？　今日のところは手だけでいいから、お互いに気持ちよくなろうぜ」

「……っく……っ」

「ほら、わかるだろ。おまえに触れられるだけで、俺のココもスゲェ反応」

バカなことばかり言う男のそこを握《にぎ》り潰《つぶ》してやろうかと思ったが、飯塚みずからベルトをゆるめ、勃ちきったものを剝《む》き出しにしてくると、圧倒《あっとう》的な質感に喉がからからに渇《かわ》いていく。

「おまえのより一回りデカいだろ」

「だから……なんだよ……！」

濡れた肉棒をぬちゃぬちゃと擦《こす》れ合わせてくる飯塚の胸を叩《たた》いて抗《あらが》ったが、意識が甘く、淫らに痺《しび》れる快感に、詰問《きつもん》もゆるくなってしまう。

「もう少し慣れてきたら、克哉のココに……挿《い》れてやるよ」

「なに、言って……――ッ……っ……ぁ……」

互いの性器を握り、ぬちゅっと扱くかたわら、飯塚の指がきつく締《し》まる窄《つぼ》まりをやわやわと探《さぐ》ってくる。

その触り方がやけにやさしいものだから、だんだんとおかしな気分になってきてしまう。

――こいつ、本気で俺を犯《おか》すつもりか？

怯《おび》えと同時に怒りもこみ上げてくる反面、一度も男を受け入れたことがない窄まりが強張《こわば》るのをときほぐすような指遣《ゆびづか》いに、はっ、とひとつ吐息《といき》がこぼれるたびに、身体中が熱くなっていく。

「でも……まあ、今日のところはここまでだ。最初から強姦《ごうかん》は俺の流儀《りゅうぎ》じゃねえし……」

これだけしておいて、強姦じゃないと言い張る飯塚の目がすうっと細くなり、御園を真っ向から射貫《いぬ》いてくる。

切れ長の男らしい情欲にたぎるまなざしに、心臓ごと鷲摑《わしづか》みにされたみたいに胸が痛くなる。

「……くそ、なんでそんな色っぽい顔すんだよ。我慢《がまん》できねえだろうが」

「い、……いいづか……待てよ……っ」

「待てねえ」

互《たが》いに下肢を激しく触れ合わせ、擦り、御園は声を掠れさせた。

「ん……っぁ……もぉ、い、イ……くっ」

飯塚の肩《かた》にしがみつきながら達すると、すぐに、どくん、と脈打つ感覚と一緒に熱いしぶきが肌《はだ》を濡らす。

「克哉……マジ、よかった……おまえ、めちゃくちゃイイ……」

広い背中を上下させている飯塚を形ばかりに抱《だ》き締めながら、御園は、参ったな、と声にならない声で呟《つぶや》いた。

飯塚がベッドヘッドに置いてあった真新しいタオルを渡《わた》してくるので、仕方なくそれで互いの濡れた身体《からだ》を拭《ふ》いた。

それから、もう一度深々とため息をついた。

ここまでストレートに求めてくる男も初めてだ。この顔のせいで、いままでに何度となく男に誘《さそ》われてきたが、性的なことをするなら女性を相手にするのが当たり前だろうと思っていた。

しかし、仕事が忙《いそが》しいだけに、なかなか意識が恋愛《れんあい》モードに切り替《か》わらず、——まあ、こういうのは焦《あせ》ってどうにかなるものでもないし、と放《ほう》っておいたのだ。

なのに、飯塚は、世間にあって当たり前の常識やルールをことごとく打ち破り、食い込んできた。この胸に、この身体に。

——こんな奴《やつ》、初めてだ。これから先どうしていいか、ほんとうに困る。

飯塚の性格を考えた場合、一度肌を触れ合わせた以上、これっきりということにはならないだろう。だいたい、二十四年も前から狙われていたのだということを思い出すと、その執念《しゅうねん》深さにぞっとしないでもないが、パーフェクトな笑顔《えがお》でさまざまな局面を切り抜けてきた自分とはまた違《ちが》うタフさには、少しばかりこころが揺《ゆ》り動かされるところもある。

——もう少し慣れてきたら……なんてバカなことも言ってた。職場も住むところも同じじゃ、近いうちに本気で食い尽《つ》くされそうだ。

ほんとうに、参った。

今後、どうあしらえばいいか、どの程度の距離《きょり》を保ってつき合えばいいのか。考えれば考えるほどわからなくなってひとり混乱している最中《さなか》、いつの間にか、飯塚が軽い寝息《ねいき》を立てていることにハッと気づいた。

「おい、どけよ」

身体を揺さぶったが、飯塚としてはとりあえず今日の目的を果たした達成感に浸《ひた》ってか、満足そうに瞼《まぶた》を閉じている。

タオルで簡単に事後の始末をしたが、こんな状態で熟睡《じゅくすい》されたらたまらない。

「……嘘《うそ》だろ、おい……バカ、起きろよ！　重いんだよ！」

全力で覆《おお》い被《かぶ》さってくるバカは、御園の必死の呼びかけにも応《こた》えず、ぐうぐうと眠《ねむ》り込んでいた。

それまで、心地《ここち》よい緊張感《きんちょう》をともなっていた毎日が、飯塚の登場で激変した。隙《すき》あらば触れようとしてくる男から逃《のが》れるのは、至難《しなん》の業《わざ》だ。

――職場もマンションも一緒じゃ、逃《に》げようにも逃げられない。

一度は、本気でどこかのホテルに避難《ひなん》しようかと考えかけたが、――なんで俺があのバカのために振《ふ》り回されなきゃいけないんだ、と憤然《ふんぜん》と思い返し、堂々とマンションから通い、マンションへと帰った。ただし、わざと出勤や帰宅時間帯をずらすことにした。

そうでないと、またいつ、部屋に押し込まれるかわかったものではない。

店で会えばすぐさま顔を硬直《こうちょく》させる自分を飯塚はおもしろがっているようだが、彼の部屋で深い熱を分け合ったあの日以来、他愛《たわい》ない世間話や、軽いキス程度で留《とど》めているのが、また新たな悩《なや》みのネタだ。

――次になにをされるか想像もつかないなんて、ほんとうに疲《つか》れる。

毎日、客の前では笑顔を絶やさず、プライベートでも飯塚という厄介《やっかい》な存在にじりじりしている。

一瞬《いっしゅん》も気が抜《ぬ》けず、このままでは心労で倒《たお》れるんじゃないかと思ったが、ありがたくもそうならなかったのは、飯塚が口にしていた〝ロゼのランチ〟が軌道《きどう》に乗り始めたからだ。

『三千円程度で、品数は少なくするけれど、味は落とさない』という飯塚のアイデアが実現したのは、あれからわずか一週間後のことだった。

もちろん、石井料理長やギャルソンたちからは反対意見が続々出た。

『勤務時間が変わっていまより忙しくなることで、お客様への対応がおろそかになるんじゃないのか』

『品数を減らして、ロゼらしさを失わないメニューができるのか』

『そもそも、ロゼが慌《あわ》ただしい昼日中にランチを提供するクラスの店なのか』

最後の争点は、石井料理長の口から出たものだ。けれど、飯塚は頑《がん》として譲《ゆず》らず、『ロゼぐらいの高級店だからこそ、やってみる価値はあるでしょう』と言い放った。

『ランチというと、どうも皆《みな》さん、ディナーより劣《おと》るという偏《かたよ》った考えをお持ちのようですが、忙しい仕事の合間にこそ、おいしいランチでひと息入れたいと思っているお客様も多いはずです。アルコール抜きでも旨《うま》いワインやシャンパンがある時代なんですから、やってみましょうよ。絶対に、受けるはずです』

豪語《ごうご》した飯塚に、最後には誰《だれ》もが顔を見合わせ、石井料理長の機嫌《きげん》を伺《うかが》い、『……とりあえず、一か月だけでもやってみましょうか』と合意に至ったのだ。

問題のランチメニューが始まって、早二週間。

連日、午前十一時から午後二時まで、ロゼはほぼ満席だった。

一月下旬《げじゅん》の寒風を耐《た》えながらも順番を待ってくれる客の多さに石井料理長たちは驚《おどろ》き、初日終了後《しゅうりょうご》、大橋支配人や従業員全員で、『とにかく、お客様を外で待たせないようにしないと』と頭をひねり、客数を限定させたほうがいいという結論に達した。

どんなにロゼが奮闘《ふんとう》しても、五十席の規模で一日に迎《むか》えられるランチ客は、百組前後が限界だ。「一日百組限定」と告知したことで、客のほうもそれぞれ空《す》いていそうな時間帯を見計らって足を運んでくれるようになった。

それまでは、オーダーメイドのスーツの男性や、ドレス姿にハイヒールの女性たちが訪《おとず》れていたロゼに、ごく日常的なひとびともやってくるようになった。

仕事の合間を縫《ぬ》って立ち寄ってくれるサラリーマンに、制服姿のOL、三千円という手頃《てごろ》な価格に、普段《ふだん》は家事育児に追われて忙しいだろう主婦たちも来てくれるようになって、品数こそ少ないけれど、味は一流というロゼをこころから楽しんでくれる姿に、最初こそは『時間のやりくりが大変です』と文句を言っていた石井料理長やギャルソンたちも、日に日に、ロゼが迎える若い客層に馴染《なじ》んでいったようだ。

御園自身、そのひとりだった。

自分でも、フレンチというと、どことなくハイクラスなイメージを持っていたように思う。だからこそ、ロゼのような名店が存在しているのだが、一皿一皿を味わってくれるひとに貴賤《きせん》はない。

――いままでのロゼは、高飛車すぎたのかもしれない。石井料理長や他《ほか》のシェフは皆、自分の店を持てるぐらいの腕前《うでまえ》を持っている。それでも、『ロゼ・ノワール』という店に敬意を表し、その一員になることを誇《ほこ》りに思っているんだ。俺も、そのひとりだった。でも、これから先は、飯塚のようにもっとタフで、状況《じようきよう》に応じて、機敏《きびん》に動ける戦力も必要なのかもしれない。

ランチメニューを始めてから二週間目。午後二時を少し過ぎたあたりで最後の客を送り出した御園は、なんとも言えない楽しさを味わっていた。

ついさっき、ランチを食べ終えた女性のふたり組みが、帰り際《ぎわ》に言葉をかけてくれたのだ。

「すごくおいしかったです。ロゼって一度は来てみたかったんだけど、高いお店だからなかなか手が出なくて。でも、こんなランチだったら毎日食べに来たいです」

「毎日じゃ破産しちゃうから、週一が限界でしょ。ボーナスが出たら、ディナーに来たいな」

そこでふたりして顔を見合わせて笑い、「また来ますね。こんなにおいしいランチを食べたんだから、午後の仕事も頑張《がんば》れそう」と言ってくれたことに、御園もこころから微笑《ほほえ》み、「またのご来店をお待ちしております」と深く頭を下げた。

忙しい仕事の合間にこそ、おいしいランチでひと息入れたいと思っているお客様も多いはずだ、と言い切った飯塚の言葉を目の当《ま》たりにした気分は、新鮮《しんせん》のひと言に尽きる。

一日の最後を美しく終えるための豪華《ごうか》な晩餐《ばんさん》、というのがこれまでのロゼのイメージだったが、昼時に少しだけ店を開けて、これからまた仕事に励《はげ》むひとびとのために至福の時間を提供するのも悪くない。

ほんとうの意味で、食べることを楽しむひとの顔をもっと見てみたい。

そのきっかけをつくってくれたのがあの飯塚かと思うと、素直《すなお》に喜べないのだが、彼のほうも自分から言い出したランチメニューをきちんと軌道に乗せるために懸命《けんめい》だったのだろう。

人目を盗《ぬす》んでの唐突《とうとつ》なキスをされたことはこの二週間でも幾度《いくど》かあったが、以外の場では、毎日のメニューをどうするか、石井料理長たちと真剣《しんけん》にやり取りする顔を見ることのほうが多かった。

料理長の石井は、毎日みずから市場に出向いて食材をチェックし、その日いちばんいいものを仕入れてくるこだわり派だ。それに飯塚も同行するようになり、親子ほども歳《とし》が離《はな》れたシェフたちは対等に張り合いながら、ランチとディナー、日々異なる食材を使ってすぐれた一品を生み出していく。

ランチメニューが客たちに浸透《しんとう》していくにつれ、ロゼ内部の雰囲気《ふんいき》も変わっていった。

飯塚がここに来た頃《ころ》は、どのシェフもギャルソンも、厚かましい新顔を敬遠していたが、客層がだんだんと若返ることに新たな喜びを見出《みいだ》したようだ。

「いい感じに進んでますよね、最近のロゼ。飯塚さんが来た頃は、この店の雰囲気が台無しになるんじゃないかって恐《おそ》れてたけど、やっぱりいくら名店でも、新しいことにチャレンジする気持ちは忘れちゃだめですよね」

御園より二歳下のギャルソンの水野がテーブルクロスをひとつひとつ剝《は》がしながら、笑いかけてくる。

「勤務交替《こうたい》も実際にやってみれば慣れちゃうもんですし。僕ね、今日、すごく綺麗《きれい》なOLさんから、電話番号を訊《き》かれて困っちゃいましたよ。たぶん、僕より二つか三つ上、御園さんぐらいの歳の方」

「それで、電話番号を教えたのか？」

「いえいえ。そこはぐっと堪えて、『お気持ちは嬉《うれ》しいですが、味を楽しんでいただけることが最大のしあわせです』と答えました」

「よし、模範《もはん》解答」

ロゼのギャルソンとしては正しい態度に頷《うなず》くと、水野は「でも、ちょっとグラつきました」と頭をかいている。彼の頭を小突《こづ》きながら苦笑《くしよう》していると、厨房《ちゆうぼう》から姿を現した飯塚が手招きしているのが見えた。

「クロスの交換《こうかん》、任せていいか」

「大丈夫《だいじようぶ》です。やっておきます」

その場を任せて飯塚に近づくと、「明日のメニュー、試食してみるか？」と言われた。

「食べる」

「もう用意してあるんだ。石井料理長からはとりあえずOKが出てる」

ここのところ、毎日こんな感じだ。

明日出すランチメニューを、前もってロゼ内部で試食し、チェックする。シーズンごとに、ある程度、コース内容が決まっているディナーとは違い、ランチは一発勝負に近い。値段を下げていることもあって、食材ひとつひとつおろそかにできない。

一歩間違えれば赤字になるのをぎりぎりのところでセーブしているのは、石井料理長の長年の経験による確かな知識と、活《い》きのいい食材をすぐに見分けられる飯塚の勘《かん》のよさがあるからだろう。

日々変化する味だけに、料理内容に最終OKを出すのに大橋支配人が毎日つき合うのもむりがあり、副支配人である御園がその役目を負うことになった。

明日出すのは、前菜がきのこと海老《えび》のサラダ仕立て、メイン料理がホロホロ鳥のモモ肉のロースト、デザートは洋梨《ようなし》のコンポートという三品だ。

「ホロホロ鳥の値段も最近ずいぶんと上がりましてね。ランチに使うにはもったいないと言ったんですが、こいつが手頃なものを見つけてきたので」

厨房では、すでに先に食べ終えた石井料理長がどかりとステンレス台の一角を陣取《じんど》っている。

こいつ、と彼が顎《あご》をしゃくるほうに、悪戯《いたずら》っぽく肩《かた》をすくめて笑う飯塚が皿に料理を盛りつけていた。

小僧《こぞう》呼ばわりされていた頃を思うと、「こいつ」というのは、石井料理長の中でもわりと上等な部類に入る呼び方かもしれない。石井なりに、飯塚の才能を認め始めているという証拠《しょうこ》だろうか。

せめぎ合う感覚は消えないだろうけれど、最初の頃の険悪な職場よりはずっといい。

「早速《さっそく》、いただきます」

目の前に出された前菜をあっという間に平らげ、続いて出されたモモ肉と香《こう》ばしいパンを頬《ほお》張《ば》り、男性にも女性にも受けそうなほどよい甘さの洋梨のコンポートを食べ終えるまで、御園は無駄口《むだぐち》を一切叩《いっさいたた》かなかった。

腹が空《す》いているというのもあるし、明日、これを実際、客に出していいものかどうかと考えると、自然と意識が集中してしまう。

誰《だれ》かと楽しく喋《しゃべ》りつつ、ゆったりと食べるのはそれはそれで楽しいものだが、ロゼの副支配人として、シェフの腕《うで》を確かめるという役目を持ちながら味わうというのも、またべつの楽しさがある。

「……いいんじゃないでしょうか。バランスが取れている構成だと思います。明日はこれでいきましょう」

綺麗に食べ終えてから頷くと、石井をはじめ、その場に居合わせたシェフ全員がほっとしたような顔を見せた。

「それじゃ、一度休憩《きゅうけい》しましょう。お疲《つか》れさまです」

「お疲れさまでした。また夜に」

三々五々と散っていくシェフの最後に、飯塚が残った。

「おまえは休まないのか」

さりげなく訊いてみると、「俺は今日、このあと休みなんだよ」と返ってきた。昼間と夜、二部構成になったロゼではシェフもギャルソンも交替制を採るようになった。丸一日ぶっ通しで働く日もあれば、昼の部だけ、夜の部だけ出るということもある。

「御園さんも、確か休みだったよな」

「ああ」

そういえばそうだったと思い出しているところへ、笑顔《えがお》の飯塚が視界に割り込んでくる。

「じゃあさ、このあと、俺とデートしてくれよ」

「デート？」

なに言ってるんだこのバカは、と思ったが、「カーテン、買いに行くのにつき合ってくれよ」と言われると、「まだ買ってなかったのか」とつい言い返してしまう。

「引っ越《こ》してきてもうずいぶん経《た》つじゃないか。カーテンぐらい、すぐに買えばよかっただろ」

「いや、なんかもうバタバタしててさ。一日でも早くランチメニューを始めたくて、毎日、ここに遅《おそ》くまで詰《つ》めてただろ。だから、家に帰ったら速攻寝《そっこうね》てた」

そう言われて、――ああそうか、だからここ最近、うまいことすれ違っていたのか、と胸を撫《な》で下ろせばいいだけなのに、なぜか、微妙《びみょう》に揺《ゆ》れる気分もある。

料理のこととなると、なにもかも放《ほう》り出して夢中になる飯塚に、どういうわけかおもしろくない。

——なに言ってるんだ、バカじゃないのか、俺は。こいつが料理のことに専念してくれたほうが俺にとっても安心安全じゃないか。

「カーテンを買ったあとは、汐留《しおどめ》に新しくできたフレンチレストランに行きたいんだ。やっぱりそこも、ごく最近フランスから帰国してきたシェフがいるって聞いたし」

「ライバル店の視察か」

「ま、そんなところ。な、いいだろ？　一緒《いっしょ》に行こうぜ。メシ代、俺が出すから」

自分の能力を過信しているわけではなく、他店の動向もちゃんと気にしているらしい飯塚に、やはりこころの針が振《ふ》れてしまう。

そばにいるとなにをされるかわからなくて不安なのに、彼の視線が外へ向いていることを知ると、妙《みょう》に落ち着かない。

「……わかったよ」

自分でも持て余してしまう感情を振り切るように頷き、「カーテンを買うのと、食事だけだからな」と念を押すと、「ん？」と飯塚がおもしろそうな目を向けてくる。少し顔を傾《かたむ》ければ、くちびるが触《ふ》れてしまいそうな距離《きょり》だ。

「他《ほか》になにかしたいことがあるのか？」

「ない」

素早《すばや》く切り返したが、飯塚は機嫌《きげん》を悪くするどころか、ますます楽しそうな顔で、「ちょっと着替《きが》えてくる」とロッカールームに消えていく。

飯塚という男を、こころのどこに置いたらいいのだろう。ある日突然《とつぜん》、図々《ずうずう》しく押し入ってきた男をどう扱《あつか》えばいいのか、まだ摑《つか》めていないのが悔《くや》しいかぎりだ。

——これが客なら、一歩引いて冷静な目で見られるのに。

納得《なっとく》がいかない自分の気持ちから目をそむけたくて、飯塚の指定した家具店がある新宿までポルシェをぶっ飛ばした。

スピード違反《いはん》ぎりぎりの荒《あら》っぽい運転に、飯塚は相変わらず顔を強張《こわば》らせている。

「な、なぁ、もうちょっとスピード落とせって。怖《こわ》いんだよ、信号手前で急ブレーキ踏《ふ》まれると……怖いっつってんだろうが！」

目の前の信号が黄色になったことで思いきりブレーキを踏みつけると、助手席の飯塚ががくっとつんのめる。

「アンタなー……、ここはレース場でもないし、ドイツのアウトバーンでもねえんだよ。普通《ふつう》の町中でむちゃすんなって」

「うるさい。黙《だま》って乗ってろ」

一方的に押され気味の関係だが、車に乗っているときだけは自分のほうに分がある。

シートベルトをぎっちり摑んで放さない男をちらりと横目で笑い、信号が青になったとたん、飯塚がごくりと息を吞《の》むのを確かめてアクセルを力一杯《ちからいっぱい》踏み、素早くトップギアに入れた。

「そんな調子じゃ、ジェットコースターもだめか」

「あ、あんなのは人間の乗り物じゃない。ていうか、マジ頼《たの》む、ホント、マジで頼むから、もっと普通に走ってくれ」

真っ青をとおり越して、白っぽくなっている顔にせせら笑い、仕方なくアクセルを踏む力を軽めにしてやった。

子どもっぽい仕返しだと自分でも思うが、とりあえず今回のところはすっきりした。

新宿の家具店に寄り、カーテンを選んでいるあいだも、飯塚の顔色はまだ青かった。

もしかしたら、車酔《くるまよ》いでもしたのだろうかとさすがに気の毒になって、「大丈夫《だいじょうぶ》か」と声をかけると、「……あー、うん……でもまだ、立ち眩《くら》みする」と呟《つぶや》くので、近くにあったソファに座らせてやった。

「……カーテン、アンタが選んでくれよ」

「俺が？」

「うん、いまの俺は頭ん中がぐるぐるしてて、たくさんの色を見てるだけで眩暈《めまい》がする。とりあえず、紺色《こんいろ》のソファに合えばなんでもいいから。アンタのセンスに任せる……」

図々しい男にしては珍《めずら》しく、くたくたとソファに座り込んだことに、そばにいた店員が気づき、「冷たい飲みものをお持ちしますね」と言ってくれた。

彼がおとなしくアイスティーを飲んでいるあいだ、仕方なく御園は無数にあるカーテンの生《き》地《じ》をえり分け、爽《さわ》やかなアイボリーか、シックなブラウンのどちらにするかで迷った。

ブラウンのほうがたぶん汚《よご》れが目立たなくて、忙《いそが》しい男のひとり住まいには適しているだろうが、いま、手にしているアイボリーもいい。さりげなくストライプが入っていて、落ち着いた色合いのせいか、オールシーズンいけそうだ。

ふっと振り返ると、少し離《はな》れたところで、紺地のセーターを着た飯塚がソファでぐったりしていて、悪いなと思いつつも笑ってしまった。

彼には、最初から驚《おどろ》かされてばかりだから、ちょっとぐらいスピードを出して怖がらせても罰《ばち》は当たらないはずだ。

今日の飯塚はVネックの紺のセーターの下にオフホワイトのシャツを着ている。暖房《だんぼう》が効いていて暑いのか、袖《そで》まくりしている姿に、カーテンの色はやっぱりオフホワイトにしようと決めた。

やることなすこと、めちゃくちゃな男だが、あらためて見ると精悍《せいかん》な面差《おもざ》しにきっぱりした印象の強い紺と白がよく似合っている。

はっきり認めるのは悔しいが、いい男だ。フランスで長いこと暮らしていたせいか、全体的に垢抜《あかぬ》けた印象で、長い脚《あし》をゆったり組んだ姿には、客ばかりか店員まで彼に目を留めている。

それもなんだか癪《しゃく》に障《さわ》るので、カーテンをオーダーしてさっさと飯塚のところに戻《もど》り、「オフホワイトにした」と言うと、「そっか。サンキュ」と頷《うなず》いた男はクレジットカードを店員に渡《わた》し、アイスティーの残りを飲み干す。

「それにしても、アンタってホント美形だよなぁ。離れて見てたけど、もうあちこちの女から目線バシバシ食《く》らってんの。男の客もアンタのことちらちら見てたぜ。気づかなかったか？」

「全然」

きっぱりはねつけて、外へと出た。

そうは言っても、自分と飯塚の組み合わせが人目を惹《ひ》くだろうなということは、なんとなくわかっていた。

骨っぽさのある飯塚とは対照的に、目鼻立ちが整い、華《はな》があると多くの客から褒《ほ》めそやされてきた自分が並んで歩けば、嫌《いや》でも視線が集中する。

有名フレンチレストランの副支配人という立場上、この顔が人寄せに一役買っていることについては文句ないが、プライベートまでじろじろと見られるのは性《しょう》に合わない。

飯塚を急《せ》かしてポルシェに乗せ、今度はごく普通のスピードで汐留に向かった。

目指すフレンチレストランは、最近できた外資系ホテルの最上階にあった。夕方の六時、店は開いたばかりで、笑顔のギャルソンが窓際《まどぎわ》のいい席に案内してくれた。

「へぇ、このあたりもずいぶん変わったな。高層ビルが林立しててちょっと怖いけど、夜景は最高だ」

「まぁな。ここらは数年前から一気に開発された地域なんだ。オフィスビルとホテルが多いんだけど、二十五階とか三十階建ての高層マンションもある。でも、ほら、下見てみろよ。複雑に道が交差してるから、道路の反対側に行くのも結構大変なんだ」

「あ、ホントだ。うわ、こりゃ道に迷いそうなつくりだな」

素直《すなお》に驚いている飯塚に少し笑い、「飲みものはどうする」と訊《き》いた。

「俺は車があるから、炭酸水にしておく。おまえはどうする。シャンパンか、ワインを頼むか」

「いや、俺も今日は炭酸水でいい。旨《うま》いワインは、ロゼでも呑めるしな」

それなら、ということで、オーダーを取りに来たギャルソンに、炭酸水と、季節のおすすめコースを注文した。

かしこまった顔でギャルソンが下がったあと、飯塚とそれとなく視線を交《か》わした。

「ギャルソンの教育はまあまあだな。注文を聞きに来るタイミングは遅《おそ》くも早くもない」

飯塚の言葉に、御園も頷く。

「いまはまだ早い時間だから、客も少なくて、ホールを見渡《みわた》しやすいんだろう。あと二時間ぐらいして、ピーク時に達したあたりが見てみたいな」

「そのぐらいには、ちょうど俺たちもコース料理を食べ終えてのんびりしてるところだろ。余《よ》裕《ゆう》でチェックしてやる」

不敵な言葉に思わず笑い、色鮮《いろあざ》やかな前菜からスタートしたコースを楽しんだ。味も、盛りつけも、温度も抜群《ばつぐん》だ。食材も吟味《ぎんみ》しているのだろう。季節の素材を十分に活かした内容に、どうでもいい話をしながらも意識は料理へと向かい、たまに頷き合った。

この店の能力の高さに内心拍手《はくしゅ》する思いと、負けてたまるかという思いが複雑に混ざり合っているのは、飯塚も同じだろう。

「……スゴイな。噂《うわさ》には聞いてたけど、いい仕事してるよ」

メイン料理を食べ終えて、飯塚が興味深げに肩越《かたご》しにホールのうしろのほうを振《ふ》り返る。しゃれた衝立《ついたて》の向こうに銀色のドアがかすかに見える。あの奥が、たぶん厨房《ちゅうぼう》だろう。

「日本人シェフの力もこの数年でぐんと上がったよな。俺があっちにいた頃《ころ》も、日本から修業《しゅぎょう》にやってくる奴《やつ》が毎年増えてたよ。俺が思うに、日本の懐石《かいせき》料理とフレンチって相通じるものがあるんだよ」

「どんなところだ」

「季節の素材を活かすことや、繊細《せんさい》かつ、大胆《だいたん》なさじ加減が似てる。まず、目を楽しませることを日本の懐石料理は大事にするだろう。それから実際に食べてみて、その奥行きの深さに心底満足できるのが、俺にとって最高の日本の味とフランスの味だ」

「……なんとなくわかる」

見た目と味のよさを両立させるというのは、簡単なようでいて、実際にはかなり難しい。食材の盛りつけにはセンスが必要だ。かといって、見た目だけの豪華《ごうか》さを優先して、味が二の次では話にならない。いい食材を使っていて、食べてみればおいしいことはなんとなく想像がついても、見た目がどうにもまずそうで手が伸《の》びないという料理もある。

目と舌の両方を楽しませてくれる懐石料理とフレンチは、確かに近いところがあるのだろう。デザートは新鮮《しんせん》ないちごを使ったもので、自然な甘さとコーヒーがよく合う。

「いいメニューだったな。食った甲斐《かい》があった」

飯塚が満足げに腹をさすっているところへ、奥のほうから白いエプロンを巻き付けた長身の男が綺麗《きれい》な足さばきでやってきた。若そうに見えるが、貫禄《かんろく》ある足取りからして、たぶん、メインシェフだろう。

「今夜のメニューはお口に合いましたか、飯塚四郎様」

「え?」

唐突《とうとつ》に名前を呼ばれてびっくりした飯塚が、ぱっと振り向いた。

「諏訪《すわ》……、か? 諏訪だよな、うわ、ここのシェフっておまえだったのか?」

「そう、つい一週間前に帰国したばかりなんだ。落ち着いたら挨拶《あいさつ》に行こうと思ってたんだけど、そっちからわざわざ来てくれてありがとう」

品のある笑い方をする男が、あらためて御園を振り返り、「ロゼの副支配人の御園さんですよね?」と軽く会釈《えしゃく》する。

「諏訪幸広と申します。四郎とは、フランスで同じ釜《かま》の飯を食った仲なんですよ。御園さんのお噂も、かねがね聞いていていました。一度はお会いしたいと思ってましたが、まさか、こんなに早く叶《かな》うとは思わなかった。どうでしたか、僕の店の味は？」

やや細身で、スマートな仕草が板に付いた男は、見たところ、自分たちと同じぐらいの年齢《ねんれい》だ。同じシェフでも、黙《だま》っていれば強面《こわもて》に見える飯塚とは違《ちが》い、柔和《にゅうわ》な微笑《びしょう》が様になっている。とりわけ美形というのではないが、温かい声と穏《おだ》やかな微笑《ほほえ》みが人目を惹く。

そんな諏訪の問いかけに、御園は素直に感想を述べた。

「とてもおいしかったです。ここしばらくぶりに、ほんとうにおいしいフレンチを食べました」

「ほんとうですか？　ロゼの方にそう言ってもらえるなんて、最高に嬉《うれ》しいですよ」

「へぇ、御園さんにしちゃ、ずいぶん好意的じゃん？　俺なんか一度もそんなこと言ってもらったことねえけど」

拗《す》ねた口ぶりに、つい素っ気ない声になってしまう。

「おまえはうちの従業員だろう。毎日褒めていたら仕事にならない」

「三回に一回ぐらいは褒めろよ。俺って、こう見えても褒められて伸びるタイプなんだし」

「相変わらずだね、四郎は。ずば抜《ぬ》けて旨い料理をつくるくせに、たまに妙《みょう》に子どもっぽい」

くすくすと笑う諏訪が、「ね」と同意をうながしてくるので、御園も仕方なく笑った。

四郎、と気さくに名前を呼ぶあたり、彼らのつき合いの深さをそれとなく示されているようだった。

「ほんとうは、来週頭にでもロゼにお邪魔《じゃま》しようと思ってたんですよ。四郎、きみが帰国前になくしたって大騒《おおさわ》ぎしてた味見用の匙《さじ》、よくよく捜《さが》したら厨房の流し台の隙間《すきま》に落ちてたよ。それ、渡《わた》そうと思って、持ち帰ってきたんだ」

「ホントか？　いや、マジで助かるよ。あれじゃないと、どうも味の最終調整がうまくいかなくてさ。ロゼでも四苦八苦してたんだ」

「だと思ってた。あの匙、四郎の宝物だもんな。どうする、自宅まで持っていこうか？」

「いや、それじゃ悪い。明日にでもまたここに来るから、そのとき渡してもらえるか」

「わかった。忘れないように、あとで手にメモでもしとくよ」

「変わってないな、その癖《くせ》。諏訪って、忘れそうなことを手にメモするのが癖だったよな。で、その手を客に見られて何度笑われたか」

「しょうがないだろ。綺麗さっぱり忘れるよりはマシじゃないか」

彼らにしか通じないやり取りを右から左に流しながら、御園は黙ってコーヒーをゆっくり飲んでいた。

単なる知り合いというには度を超《こ》した親しさに、口を挟《はさ》む隙も見あたらない。

自分でも、不可解な感情が胸の真ん中にある。おもしろくないといおうか、納得《なっとく》がいかないといおうか。

ロゼでの仕事をしつつも、他店の動向を気にしている飯塚。

人目の多い場所にいても、誰《だれ》よりも存在感を放っている飯塚。

——それから、いまみたいに、俺にとってはよく知らない相手と親しげに話している飯塚。

どれもこれも、妙に神経をささくれさせるものばかりで、しかめ面《つら》のままコーヒーカップをカタンと音立てて受け皿に戻《もど》すと、諏訪と話し込んでいた飯塚が、「あ、お代わり頼《たの》むか？」と聞いてきたので、「いや」と頭《かぶり》を振った。

「すみません。少しだけご挨拶しようと思ってたんですが、うっかりお邪魔してしまって。お車でいらしたんですよね。でしたら、最後にハーブティーでもいかがですか。一日の疲《つか》れを癒《い》やす効果のものが、いくつかあるんですよ。もし、お嫌《きら》いじゃなければ」

申し訳なさそうに詫《わ》びる諏訪に、御園は笑顔《えがお》を取りつくろい、「じゃあ、ぜひ、おすすめのものを」と言った。

「かしこまりました。しばらくお待ちください」

諏訪が一礼して、「またな」とでも言うように飯塚に向かって手を振る。飯塚も、それに気さくに応《こた》え、まことこころ温まる風景なのだが、ひりひりする神経が鎮《しず》まる気配はない。

ほどなくして、熱い湯気を立てたポットとふたつのカップ、砂時計が運ばれてきた。砂時計の赤い砂が落ちきったら、飲み頃らしい。

爽《さわ》やかな黄緑色のハーブティーはやさしく、仄《ほの》かに甘い。ふっくらした香《かお》りが荒《あ》れた胸をなだめてくれることに期待したが、うまくいかない。お茶そのものは、とてもおいしい。

「うん、いい味だ。ブレンドも上手だよな」

ひとり機嫌《きげん》よさそうに頷《うなず》いている飯塚を見ていると、やっぱりカチンとくるものがある。

それでも、とりあえず黙ってお茶を飲み干し、タイミングよく近づいてきたギャルソンに「会計を」と言うと、飯塚が、「どうしたんだよ」と顔をしかめた。

「もう少しゆっくりしていってもいいだろ」

「悪いが、今日はもう疲れた。俺は先に帰る」

「な、ちょ、おい、待てって」

クレジットカードで会計をすませ、さっさと出口に向かう御園の背中を、慌《あわ》てた声が追いかけてくる。

「待てよ、ここは俺が持つよ。俺が来たいって言ったんだし」

「旨《うま》い店だったよな。今夜の経験をロゼでも活かしてくれ」

「なに怒《おこ》ってんだよ？」

誰が怒ってるというのか。ただちょっと、コーヒーが濃《こ》すぎたせいで気が尖《とが》っているだけだと言い返そうとしたが、口をきくのも億劫《おっくう》で、無言で地下駐車《ちゅうしゃ》場に停《と》めていたポルシェに乗り込んだ。

助手席には、当たり前のように飯塚が乗ってくる。

それを横目で睨《にら》み、「電車で帰るとか、タクシーで帰るとかって考えはないのか」と鋭《するど》く言うと、飯塚はちょっとびっくりした顔で、「……同じマンションに住んでる仲じゃんかよ」と呟《つぶや》く。

「なあ、なに怒ってんだよ。なにか機嫌悪くさせるようなことしたか？」

「いや、なにも。満腹になっただけだ」

口ではそう言いながらも、むらむらとこみ上げてくる正体不明の怒《いか》りに駆《か》られて、またもポルシェのアクセルを一気に踏《ふ》み込んでやろうかと思ったが、食後だけに車酔《くるまよ》いしやすいかもしれない。

それはさすがに可哀相《かわいそう》かと仏心を出し、制限速度を守って自宅マンションへと向かった。途中《とちゅう》で、ラジオをつけた。飯塚も、自分も黙っていて、落ち着かない。

ラジオから流れる無意味なお喋《しゃべ》りや音楽で、少しはこの耐《た》え難《がた》い沈黙《ちんもく》も楽になるかと思ったが、飯塚のじっと張りつくような視線のせいで、ますます神経が昂《たか》ぶる。

「……なあ、俺、なんか悪いこと言ったか？」

「なにも」

「じゃあ、なんでいきなり機嫌悪くしてんだよ。メシ、旨そうに食ってたじゃないか」

「ああ、旨かった」

「カーテンもちゃんと選んでくれたじゃないか。紺色《こんいろ》のソファに合うオフホワイトのやつ。俺、あの色好きなんだよ」

「べつに俺にとってはどうでもいい色だ。おまえが勝手に選べと言ったんだろう」

「違《ちが》う」

ハンドルを摑《つか》む手にいきなり大きな手が覆《おお》い被《かぶ》さったことで、思わず顔を向けずにはいられなかった。

「……放せよ。運転の邪魔だ」

「……放すけど」

不承不承言って手を放す飯塚は、視線をそらさない。

じりじりと全身を炙《あぶ》られるような強いまなざしに御園の怒りもピークに達し、ようやく自宅マンションの地下駐車場へ乗り入れたときには力一杯《ちからいっぱい》ブレーキを踏んだ。

車のドアを乱暴に閉め、早足でエレベーターへと向かうあいだにも、言いようのない、どろっと熱い塊《かたまり》のような感情を抑《おさ》え込むのに必死だった。

「なあ、待てよ」

「うるさい。俺に話しかけるな」

「急に怒るなんて、わけわかんねえだろ」

狭《せま》いエレベーター内で腕《うで》を取られ、振り払《はら》い、また腕を取られて、つかの間揉《も》み合いになってしまった。

「放せよ、疲れてるって言っただろ！」

「それはホントの理由じゃないだろ」

「ほんとうもなにも、べつにおまえには関係ないだろうが。ただ喋りたいだけなら、さっきの店に戻れよ。好きなだけ喋ってこい。俺はおまえに一日中つき合わされて、疲れてるんだ。こっちの身にもなれ」

「……ふぅん？」

　飯塚が考え込むような顔をしたとき、エレベーターが六階で停まった。

「ちょっと俺の部屋に来いよ」

「なんで……！」

　強い力に引きずられ、部屋に押し込まれた挙げ句、まだカーテンがかかってない寝室《しんしつ》に引っ張り込まれた。

　飯塚の恣意《しい》な振る舞《ま》いに、いままで何度も翻弄《ほんろう》されてきたが、今夜はもうだめだ。これ以上は許せない。

「なにするんだ、おまえは！　いい加減にしろよ、自分の好き勝手ばかりしやがって！」

「……だから、ムカつくんだよな？」

「当たり前だろう！」

　逆上する御園に、飯塚は目を眇《すが》めて笑う。まるで、活きのいい獲物《えもの》を前にした獣《けもの》のような危なっかしい目つきに、背筋がぞくぞくしてくる。

「ってことは、アンタ、ひょっとして好き勝手やってる俺に嫉妬《しっと》した?」

「な――、……なに言って……」

突拍子《とっぴょうし》もない言葉に、唖然《あぜん》としてしまった。

嫉妬なんて、誰《だれ》がするのか。バカも休み休み言えと理性は呆《あき》れているのに、目の前に立ちふさがる大きな影《かげ》からどうしても逃《のが》れられない。

「もしかして、さっき、諏訪と俺が仲よく喋ってるのが妬《や》けたか? カーテンを買ってるときも、アンタ、同じような顔してたよな。俺のことを睨んでるくせに、目が離《はな》せないような素振《そぶ》りしてさ……俺のこと、意識してんだろ」

「バカなことばかり言うんじゃない! なんで俺がおまえのことをいちいち意識しなきゃいけないんだ!?」

「そもそも、本気で俺を嫌《いや》がってたら、今日のデートもつき合ってくれなかったと思うけど? そのへん、どうなんだよ」

「どうって言われても……おまえが、むりやり、行くって言うから……」

「あ、そう。じゃ、なんで俺の部屋のカーテンを選んでくれたわけ?」

「あのときはおまえが車酔いしてたからだろ!」

言ってるそばから、耳たぶが熱くなっていく。

飯塚が、間合いを詰《つ》めてくる。

そのぶんだけ後じさろうとしたが、背後にベッドがあるだけに逃《に》げようにも逃げられない。

「やさしいよな、アンタってひとは。表向き、冷静な顔をしてるけどよ。具合が悪いヤツを放《ほう》っておくほどのひとでなしじゃないうえに、わざわざ俺の好きなオフホワイトを選んでくれただろ」

「だから、それは適当に選んだだけだ」

「適当だったら、もっと変な柄《がら》モノとか選べばよかったじゃん」

ああ言えばこう言う。なんでもかんでも、飯塚は自分に都合よく受け取ってしまい、話にならない。

「おまけに、俺と諏訪が喋ってるあいだ、ひと言も口きかないし」

「……邪魔《じゃま》になると思ったからだ。俺はおまえと違って、デリカシーがないわけじゃない」

「アンタも言うときは言うね。でもさ、気を遣《つか》って遠慮《えんりょ》してるときの顔と、マジで機嫌《きげん》悪くて黙《だま》ってるときの顔って相当違うよな。さっきのアンタは、めちゃくちゃ機嫌が悪そうだった。自分じゃ気づいてなかっただろうけど、諏訪のことも相当チェック入れてたぜ」

「嘘《うそ》、だろ」

かっと頬《ほお》を赤らめて視線をそらし、ついさっきまでの自分の行動や感情を思い出そうとしてもうまくいかない。

なってしまう。

なのに、諏訪と楽しげに話す飯塚の笑顔《えがお》だけはすぐに浮《う》かんできて、なぜかやましい気分に

自分が知らないフランスでの飯塚を知っている諏訪に、あのとき、胸が疼《うず》いたのはほんとう

かもしれない。

――なんで、はっきり覚えてるんだろう。なんで、あの場面だけ？　……違う、あのときだ

けじゃない。今日一日、ずっとそうだった。飯塚とふたりで外に出て、彼に向けられる視線が

どれだけ多いかということを実感して、俺はおもしろくなかった。いちいち、腹を立てていた

んだ。

それが、飯塚の言うところの、「嫉妬」なのだろうか。

やっぱり冗談《じょうだん》じゃない、男が男に嫉妬してどうなるんだとうんざりしかけたが、どうにも譲《ゆず》

れない気持ちが胸にあって、御園の声を詰まらせてしまう。

飯塚が人目を惹《ひ》く男で、諏訪をはじめとしたさまざまな交友関係があることをわかったぐら

いで、嫉妬してしまうほど自分というのはバカではないはずだ。

――でも、そうなのかもしれない。いままで、好き勝手に俺に触《さわ》ってきたこいつのいいとこ

ろも悪いところも、他《ほか》の奴《やつ》らも知ってるとわかっただけで、頭に来た。出会ってから今日まで

ずっと、こいつは俺のことしか目に入ってないように思えてた。なのに、他人とも当たり前に

つき合いがあることを知って不機嫌になるなんて、俺のほうがまるっきり子どもみたいだ。自

分がなにを考えているのかわからなくてもどかしいなんて、この男の前で言えるか。

だいたい、男の飯塚になにを想《おも》うと言うのか。過去に何度も意味深に身体《からだ》に触《ふ》れられ、不意打ちのようなキスを散々されて、――次はいつなんだ、と苛々《いらいら》しっぱなしだったのと同時に、深い熱に襲《おそ》われるのを、こころのどこかで待ち焦《こ》がれていたのだろうか。

嘘だ、そんなはずがない。

自分は間違っても男に欲情するほうではなくて、すべて飯塚が勝手に始めたことだ。

それでも、また少し近づいてくる男の身体から発散する熱を感じるだけで、指の先にまで甘い刺激《しげき》が走る。

「……初めて入ったレストランだから……単にどんなシェフかって、気になっただけで……べつに諏訪さんのことは……」

「そのわりには目が据《す》わってたけどなぁ。気分が落ち着くハーブティーも、さっきのアンタには効果ゼロだっただろ」

「だから、そうなんでもかんでもおまえのいいように受け取るなって……！」

顎《あご》を持ち上げられた瞬間《しゅんかん》、きわどい火花が散るような視線が交わったことで、とっさに声を失った。それが起爆剤《きばくざい》になったらしい。

飯塚が低く、確信めいた声で笑う。

「アンタの怒《おこ》ってる顔って、いちばん素直《すなお》だよな」

とん、と胸をつつかれてバランスを崩《くず》した矢先に、飯塚がすかさず覆《おお》い被さってくる。

「……どけよ、バカ野郎《やろう》！　どけって言ってんだろう！」

「だめだ。アンタを俺だけのモノにしてやる。……アンタさ、いま、自分がどういう目をしてるか、わかってねえだろ。挑発《ちょうはつ》しまくりでヤバイんだよ。こんな顔してる奴をおとなしく帰せるか」

「飯塚、おい、バカ……、やめろって……！」

軋《きし》んだ叫《さけ》び声を飲み込むように、飯塚が頭を鷲摑《わしづか》みにしてきてくちびるをふさいでくる。

雰囲気《ふんいき》もなにもあったものではなく、強引《ごういん》に舌を割り入れられて、くちゅくちゅと口内を舐《ねぶ》り回された。

濡《ぬ》れた舌をもつれ合わせるだけで、腰《こし》がじわっと痺《しび》れるような熱がそこを覆い、抱《だ》きすくめてくる男の背中に手を回し、引っかくようにしてやった。

そうでもしないと、昂《たか》ぶった神経の脆《もろ》い部分がよけいに剝《む》き出しにさせられそうで、自分でもどうなるのかわからなくて怖《こわ》い。

「ん……っは……ぁ……っ」

一日中燻《くすぶ》っていた気持ちが、たったひとつのキスで弾《はじ》けてしまいそうだ。ぬるっと逃げる飯塚の舌を無意識に追ってしまう。

暖房《だんぼう》を点《つ》けなくても身体中が熱い。それが飯塚にもわかったのだろう。カシミアでできたセーターの下にするりと手をもぐり込ませ、汗《あせ》ばんだ胸を淫猥《いんわい》にまさぐってくる。

「ん、……イイ感じに硬《かた》くなってる。もう少し弄《いじ》ると、克哉のココ、先っちょがやらしくふくらんで、噛《か》み具合がよくなるんだよな」

「……おまえ……！」

普段《ふだん》から度胸のある男だが、暗闇《くらやみ》の中ではその言動がさらに卑猥《ひわい》になり、御園が聞いたこともない言葉や指遣いで責めてくるのだ。

こりこりと乳首《ちくび》の根元をよじられ、痛いぐらいに張り詰めていくのを感じると、どうしても声が抑《おさ》えられない。

「あ……っあっ、……あぁ……」

男の指で淫《みだ》らに大きくされた尖《とが》りが、セーターに擦《こす》れてたまらない。

「……い、い、づか……っ」

「このあいだよりも舐《な》めまくってやる。俺の舌遣いが忘れられなくておかしくなるぐらい」

「あ……」

汗で張りつくセーターやスラックスを引き剝《は》がすあいだも、飯塚の奔放《ほんぽう》な言葉は止まらない。

「アンタの身体中がぐちょぐちょになるぐらい舐めまくってやる……うなじも、乳首も、背中も、……それから、ココもな」

「……ぅ……んっ……！」

「下着までヌレヌレだ。アンタ、乳首だけでイケるようになるんじゃねぇの？」

こんな言葉を耳元で聞くなんて、悪夢だ。でも、それよりもっとたちが悪いのは、飯塚の言葉や指に敏感《びんかん》に反応している自分の身体だ。

猥雑な言葉を聞くたび、頭の中が沸騰《ふっとう》しそうな怒りがこみ上げるのに、それと同じぐらいぞくぞくするような強い快感が全身を包み込み、飯塚の指が下着の端《はし》を少し押し下げただけで、ぶるっと硬いペニスが飛び出す。

飯塚の言うとおり、たっぷりした先走りが反り返った竿《さお》を伝い落ち、尻《しり》の狭間《はざま》までとろりと濡らす。

「ん……っい、……づか、……っ！」

声にならない声に、飯塚が勃《た》ちきったそこをじゅぽっと舐めしゃぶり、ひと息に達してしまいそうだ。

「いやだ……、っこんなのは……」

感じていることを否定するために懸命《けんめい》に頭《かぶり》を振《ふ》っても、飯塚の舌がつぅっと下から上へと薄《うす》い皮膚《ひふ》を丁寧《ていねい》に舐めてくることで、せっかくの抗《あらが》いもむだになってしまう。

飯塚の愛撫《あいぶ》は執拗《しつよう》で、御園が達しそうになると口淫をやめてしまい、乳首をこね回す。それでどうにもならなくなって、掠《かす》れた声とともに熱のこもる下肢《かし》を押しつけるようにすると、やっと触れてくれる。

御園自身を守る固い鎧《よろい》を崩すために、時間をかけて全身をしゃぶり尽《つ》くすというのが正しい密度の濃《こ》い愛撫に、——男に慣れてるのか、と理性が囁《ささや》く。

——もしかして、諏訪とも、こんな関係を持ったんだろうか。こいつのことだから、気に入れば誰《だれ》とでも簡単に寝《ね》るのかもしれない。俺に簡単に触ってきたのと同じように。

快感から意識がそれかけていることに気づいたのかどうか知らないが、飯塚の舌がちろちろと陰嚢《いんのう》のあたりまで這《は》い回り、再び朦朧《もうろう》としてしまう。

飯塚は、どうして、こんなに気持ちいいやり方を知っているのだろう。自分と同じ男に抱かれて相応の嫌悪《けんお》感はあるはずなのに、それよりも身体《からだ》のほうが素早《すばや》く反応してしまう。

飯塚のような無鉄砲《むてっぽう》な男を理屈《りくつ》で片付けようとするほうが、土台むりなのかもしれない。

次になにをしでかすかまったく読めない男を相手にするたびに、驚《おどろ》くしかないのかもしれない。だが、そういう関係はある意味ではとても新鮮《しんせん》だ。

仕事上、客の顔と名前と好みをすべて覚える御園にとって、先の展開が読めない相手というのはそうそういるものではない。

だから、熱い口内に含《ふく》まれた陰嚢をねっとりと転がされ、舌でつつかれたときも、——そんなことまでするのか、という驚きとともに、泣きたくなるぐらいの快感に襲われた。

ひくん、ひくん、としなるペニスからは先走りがとろとろとあふれ続け、シーツを濡らす。

そのことも恥《は》ずかしいのだが、四つん這《ば》いにさせられて尻を両手でぐっと押し広げられ、うしろの窄《すぼ》まりをゆるめるように熱い舌が挿《はい》ってきたときには、あまりの恥辱《ちじょく》に涙《なみだ》が滲《にじ》んだ。

「や……こんな、格好、いやだ……っ」

「嘘《うそ》つけ。……中、トロトロになってるじゃねえか」

「あ、ぅ……あぁっ」

指をまとめて三本挿《い》れられても苦痛を覚えなかったのは、徹底的《てってい》に飯塚の舌で蕩《とろ》かされていたせいだろう。ぐしゅぐしゅと抜《ぬ》き挿しされて、自分の中がこんなにも熱く熟《う》れていくなんて知らなかった。

じっとしていることができなくて、自分の身体が生み出す熱からも、飯塚の執拗で淫らな舌からも逃《に》げるように腰をひねったが、それが彼を煽《あお》る火種になったらしい。

「全部舐めまくるって言っただろ？　いまさら逃げんなよ。俺をここまで本気にさせたんだからな」

ぐっと手を摑《つか》まれ、硬く、太いものを握《にぎ》らされ、血の気を失いそうだ。まさか、こんな大きなものを受け入れろというのか。

「むり、絶対むりだ……こんなの、挿れられたら、俺が壊《こわ》れる……」

「壊れねえって。俺はアンタを苛《いじ》めるのが好きでも、いたぶるのは趣味《しゅみ》じゃねえんだよ」

くすくす笑いながら、飯塚がにちゃりと淫らな糸を引く男根を御園のものに擦り合わせてきて、このあいだよりもっと強い刺激に背中が反り返った。

──苛めるのと、いたぶるのと、どういう違《ちが》いがあるっていうんだ？

だが、慣れていない身体を強引に引き裂《さ》くつもりではないことは、身体を触《ふ》れ合わせているうちにだんだんとわかってきた。

窮屈《きゅうくつ》に締《し》まるうしろを丹念《たんねん》にほぐすのも、そのひとつだろう。飯塚の指は長く、節くれ立っている。

切れ味のいいナイフを握ったり、重いフライパンや鍋《なべ》を扱《あつか》うのに長《た》けた指が、今夜は御園の身体中をまさぐり、眠《ねむ》っていた熱を呼び起こすかのように丁寧で、ときどき強引だった。

「ん……っ」

三本の指をきつく締め付けてしまうことに耐《た》え難《がた》い恥ずかしさを感じても、その奥には、御園も知らなかった深いぬかるみが待っている。

──もの足りない。もっと、強いものが欲しい。もっと、奥まで欲しい。

「あ……っぁ……ん……あぁっ……」

「……そろそろ、いいか」

御園の声が断続的になったところで、ようやく飯塚が正面からゆっくりと挿ってきた。

「あ──……っあ、っ、抜け、バカ、……や、め……っ」

「いまさら殺生《せっしょう》なこと言うな。ぐずぐずになってる身体が言うことじゃねえだろ」

飯塚の声もせっぱ詰《つ》まっている。

恐《おそ》ろしく、太くて熱いものが身体の真ん中をずくりと挿し貫《つらぬ》き、途方《とほう》もない圧迫感《あっぱくかん》と苦痛がない交ぜになって、いまにも大声で叫び出してしまいそうだ。

――こんなに大きいなんて思わなかった。

手で触れていたときよりも、身体の中で感じる熱はもっと猛々《たけだけ》しい。

だが、ずるっと飯塚が少し引き抜いただけで、太い肉棒にくり貫《ぬ》かれたそこが微弱《びじゃく》に震《ふる》えて全身が粟立《あわだ》つような快感がほとばしり、御園は我を忘れて声をあげてしまった。

「あっ、あぁっ、あぁっ」

その声を引き金に、飯塚が激しく腰《こし》を遣《つか》い出す。

前後に揺《ゆ》さぶられ、ひっきりなしに声をあげた。ずく、ぐちゅっ、と男のものが熱く潤《うるお》う肉襞《ひだ》をしつこく擦ってくる。

「見ろよ。俺のモノが、克哉の奥まで挿ってる。……アンタ、マジで男殺しの身体だよな。ねっとりしてて、俺に吸い付いてくる……。むりやり犯《おか》したくなるから、ほどほどにしろよ」

「……ん、なこと言われ、ても……むり……っ」

自分の身体だが、制御《せいぎょ》が利《き》かない。

セックスをまったく知らないというほどうぶではないことは、自分がいちばんよく知っている。けれど、飯塚がしてみせることはすべて見たことも聞いたこともないものばかりで、振り回されっぱなしだ。

ゆっくり、ずるぅっと時間をかけて抜いていかれることで、飯塚のそれがどんな形をしているか、嫌《いや》でもはっきりとわかってしまう。

亀頭《きとう》が大きく張り出した男のそれでいちばん敏感な入り口をねちっこく擦られ、ああ、と漏《も》れ出るのは、この身体を犯す相手を罵《のの し》るものではなく、深い快感に囚《とら》われてしまって、続きをはしたなくねだってしまう声だ。

ずぷ、ぐぷ、と何度も入り口を浅く突《つ》かれ、最奥《さいおう》が熱くて熱くてたまらずに啜《すす》り泣くと、飯塚がようやく奥まで挿れてくる。

「全部、俺のモノだ……」

耳元で囁いた男が、それまでの穏《おだ》やかさを脱《ぬ》ぎ捨てて強く貫いてくる。やっと整った呼吸のリズムもあっという間に崩《くず》され、御園は汗《あせ》だくの男の背中にしがみつくしかなかった。

「んっ、んんっ……あ、……あぁっ……！」

「……んなにエロい顔すんなよ。俺のほうが我慢《がまん》できなくなるだろ」

ずくっ、と突いてくる力が増していき、全身の骨が軋《きし》みそうなのに、飯塚が力一杯《ちからいっぱい》抱《だ》きすくめてくることで、よけいに快感の輪郭《りんかく》が強くなり、御園を怯《おび》えさせる。

初めて男に抱かれるのに、こんなにも感じるなんておかしいんじゃないだろうか。

――でも、こいつが何度も何度もやらしいことをしてくるから、覚え込まされてしまった。いつの間にか、俺はそれを待ち焦《こ》がれるようになってしまったんだ。いつ？　どんなときにキスされる？　そう考えただけで動揺《どうよう》してしまう自分がいるのも、ほんとうだ。

初めてのキスから今夜に至るまで急激なスピードで物事が進み、まったく尋常《じんじょう》じゃないと思うところはあるけれど、飯塚に痛い思いをさせられたことはなかった。

辱《はずかし》められたり、悔《くや》しがらされたりすることは数えきれないほどあったが、二度と彼に触れられたくないと思うことは、なかった。

たったの一度も。

——俺自身、知らないうちに惹《ひ》かれていたのか？　仕事の腕《うで》が確かなことを認めた次に身体に触れられて、あれだけ怒《おこ》っていたくせに、いつの間にか、こいつから目が離《はな》せなくなっていたっていうのか？　他人がこいつを見る視線を気にするぐらいに。彼が好きな色を無意識に選んでしまうぐらいに。

飯塚にとっては知己《ちき》の友人だろうという相手に、無意味な嫉妬《しっと》をしてしまうほどに。

蕩けた身体をもみくちゃにされる合間に、意識も熱く、薄《うす》く引き延ばされ、どこか遠いところへちぎれていってしまう。

いまはもう、飯塚を全身で感じることしか頭にない。ここまできてしまえば、どんな言い訳も泣き言も通用しない。

「……く……ぅ……っ」

「中に出したい、一緒《いっしょ》にイきたい、俺の精液をアンタの綺麗《きれい》な顔にぶっかけてやりてぇよ。俺

の、濃《こ》いし、量も多いんだ」

「も……っぉ、言うな……っ」

いやらしい言葉を聞くだけで身体が応《こた》えてしまう。涙《なみだ》混じりになじったとたん、はち切れそうな前を扱《しご》かれて、どっと熱いものが噴《ふ》きこぼれた。

「あっ、あぁ……っ」

「……っ……克哉……」

掠《かす》れた声とともに、飯塚が二度、三度激しく打ちつけてきて、大きくふくらんだ亀頭で御園の最奥を突きまくった挙げ句、はっ、と肩《かた》で息をしながらどくどくと濃いほとばしりを注ぎ込んできた。

熱く、どろっとしたものはいっぺんに受け止めきれないほどに多く、抱き合っている最中から尻《しり》の狭間《はざま》を濡《ぬ》らし、太腿《ふともも》へと伝っていく。

全力を使い切ったのだろう。はぁはぁと荒《あら》い息遣いをする男の背中をなんとはなしに撫《な》でるかたわら、——こいつは、いつまで俺に興味を持っているんだろう、なんてことをぼんやり考えていた。

いつまで、興味を持ってくれているのだろう。

これ、と目をつけたものは、どんな困難があろうとも手にしてきたに違いない、飯塚という男は。

フレンチの若きシェフとして才能を伸《の》ばし続ける飯塚が、もしもひとりでいたら、誰《だれ》も放《ほう》っておくはずがない。

見た目もいい、やる気もあって将来も有望視されている男に群がるひとびとの数は、これから先、増えていく一方だろう。

フランスで修業《しゅぎょう》をともにした諏訪とも、こんな時間を持ったことがあったのだろうか。

——きっと、あったはずだ。笑顔《えがお》がやさしい感じの諏訪とも、たぶん、こんなふうに抱き合ったに違《ちが》いない。飯塚は人見知りするほうじゃないし、今日、彼らのあいだに感じた親しさは、ある一定レベル以上のものだった。飯塚は、気に入れば誰とでも寝《ね》られるんだ。そうじゃなきゃ、こんなに男と寝ることに慣れてない。

肌《はだ》と肌を火照《ほて》らせ、重ね合わせる時間をしごく簡単にやり取りできる男だ。

そう考えておいたほうがいい。自分に、言い聞かせておいたほうがいい。

飯塚を求める相手は山のようにいて、飯塚自身もタイミングさえ合えば気易《きやす》く応えるはずだ。冷静に割り切れば、なんの問題もない。自分とて、男と寝るのは初めてのことだったが、事故かなにかと思えばいい。

そう思うのに、胸の隅《すみ》に根付いた燻《くすぶ》りは絶えることなく、御園を悩《なや》ませる。

いつの間にか、立場が逆転してしまったようだった。

いままでは、飯塚に追い回されて、怒り、困惑《こんわく》していた。

けれど、今日を境に、いつ、どこに、誰と飯塚がいても、彼を視線で追ってしまう日々が始まる。

そのことに、御園はひそかにため息をついた。飯塚を想《おも》う日が来るなんて、それこそほんとうに悪夢だと思いたい。これが夢なら、どんなにバカなことをしても、悪いことをしても、いつかは目が覚める。

だけど、手のひらで感じる温《ぬく》もりも、汗も、本物だということを御園は知っているから、ため息をつくしかないのだ。


数週間後の夜、ロゼに思わぬ客がふらりと現れた。御園が気にかけていた諏訪、本人だ。

黒い薔薇《ばら》の大きな花束を持ち、洒脱《しゃだつ》なスーツ姿で入ってきた男に、迎《むか》え出た御園ばかりか、ギャルソンたちも目を丸くした。

花束を持ち慣れている男というのもそうそういないと思うのだが、諏訪はその珍《めずら》しいタイプのひとりなのだろう。

穏やかな微笑《ほほえ》みを向けてくる諏訪が、「新しいロゼに」とシックな花束を差し出してくれる。

濃い紫《むらさき》よりもさらに一段深い色合いの薔薇は、これから花開こうとしている蕾《つぼみ》のものが多く、香《かお》りも素晴らしい、最高級品だ。

「ありがとうございます。是非《ぜひ》、飾《かざ》らせていただきます。今日は飯塚にご用でも？」

「いえ、ひとりの客として食事をしにきました。ロゼのディナーを食べるのは、ほんとうに数年ぶりなんですよ」

「では、奥のお席にご案内いたします」

花束をギャルソンに渡《わた》して花瓶《かびん》に生けるよう頼《たの》み、御園みずから諏訪の先を歩いて、上客用の奥のテーブルへと案内した。

そのあいだ、諏訪は店内のあちこちを見回し、懐《なつ》かしそうな顔をしている。

単なる友人なのか、それ以上の関係を持っているのか。諏訪と飯塚がどんな関係にあるのか気になってしょうがないが、仕事柄《しごとがら》、感情を殺して笑顔をつくることには慣れている。

「よろしければ、お飲みものをお持ちしましょうか」

「それじゃ、軽めのシャンパンを。コース内容は、お任せします。石井さんがいまも料理長でしょう？　とびきりおいしいものを食べさせてください」

「石井とも知り合いでしたか」

「ええ。渡仏《とふつ》する前に何度も弟子《でし》入りを希望したんですが、頑固《がんこ》な方でしょう。『そういう台詞《せりふ》は、フランスで修業を積んで少しはマシなシェフになってから言え』と言われて、体《てい》よく追っ払《ぱら》われました」

「そうだったんですか」

穏和《おんわ》そうに見えて、案外、粘《ねば》り強いところもあるんだなと知って、可笑《おか》しいような、落ち着かないような気分にさせられる。

――芯《しん》の強さは、飯塚と少し似ているかもしれない。

厨房《ちゅうぼう》に戻《もど》って、諏訪が来店したことと薔薇をもらったことを告げると、真剣《しんけん》な顔でフライパンの温度を確かめていた飯塚は、「ああ、そうか。前から来たいって言ってたもんな」と言うだけだが、石井は珍しく相好を崩《くず》し、「久しぶりに会いますよ。気合いを入れて、旨いものをつくりましょう」と腕まくりをする。

「火の温度、もう少し弱めろ。バターが完全に焦《こ》げたらおしまいだぞ」

「オーブンの用意はできてるか？」

「二番テーブルのメインが終了《しゅうりょう》しました。デザートお願いします」

腕利《うでき》きのシェフたちが忙《いそが》しく立ち働く厨房は火を使っていることもあって、まさしく戦場のようなものだ。

だだっ広い場所ではないが、誰もがスムーズに動き、他《ほか》のシェフの邪魔《じゃま》をせずに自分の仕事を全《まっと》うする。

石井や飯塚たち六人ほどのシェフに交じって、見習いがふたりいる。彼らはまだフライパンや鍋《なべ》を扱《あつか》えるほどの腕前ではないけれど、隙《すき》あらば先輩《せんぱい》シェフの手さばきを盗《ぬす》み見て、客が空《す》いた時間帯や、終業後に特訓している場面を御園も何度か見ていた。

同じレストランに勤めていると言っても、飯塚たちシェフと、自分のようなギャルソンたちとでは仕事内容が大きく変わる。

飯塚たちが誠心誠意込めてつくった料理を、ギャルソンは優雅《ゆうが》な笑顔と仕草で運んでいき、ときには客と世間話などをしながらワインを注《つ》いでやり、場を盛り上げる。

シェフはおしなべて寡黙《かもく》な者が多く、対してギャルソンはどんな話題を振《ふ》られても応えられるようなサービス精神旺盛《おうせい》な者が目立つ印象だが、厨房がけっしておとなしいわけではない。その逆で、日々替《か》わる材料を使って最高の味を引き出すためのやり取りはするが、それで精一杯《せいいっぱい》で、無駄口《むだぐち》を叩《たた》いている暇《ひま》などないのだ。

「五番テーブルがオーダーしてきたワインですが、御園さん、ちょっと見てもらえますか」

後輩であるギャルソンの水野に声をかけられた御園は、差し出されたボトルを受け取り、ラベルを確かめる。

ロゼで仕入れているワインはどれも大橋支配人や副支配人である御園のチェックが入っているが、客に出す前に、ラベルの張り替えをはじめとした偽装《ぎそう》がされていないかどうか、もう一度確認《かくにん》するのだ。

ロゼとつき合いのあるワイン業者は老舗《しにせ》中の老舗で、国内はもちろん世界各地から旨《うま》いワインを買い付けている。古いつき合いのある彼らを疑っているわけではないが客に出す前にボトルを念入りにチェックするのは、ギャルソンとして当然のことだ。

「うん、大丈夫《だいじようぶ》だ」

「では、お出ししてきます」

ほっとした顔の水野を勇気づけるように、背中をぽんと叩いてホールに送り出してやった。

ギャルソンは店の顔とでも言うべき存在だから、客が必要以上に気を遣《つか》うほど黙《だま》りがちでも、喋《しゃべ》り好きでも困る。どんなに手際《てぎわ》のいいサービスができても、場の空気、客の顔色を読めなければ、真のギャルソンとは言えない。

いまのところ、ロゼでは副支配人の御園がギャルソンとしてのトップも兼《か》ねている。

そういうわけで、今夜は特別、最奥《さいおう》の席でひとり食事を楽しんでいる諏訪に気を遣った。

フレンチはたいてい、二時間、三時間近くを費《つい》やす料理だ。だから、ほとんどの客はふたり連れ、もしくはそれ以上の人数で来て、仕事の話をしたり、他愛《たわい》ないお喋りをしたりして、次の料理が出てくるまでのちょっとした間を楽しむ。

ひとりで来る客が皆無《かいむ》というわけではないが、それでもかなり珍しい。

諏訪はさすがにみずからシェフというだけあって、フレンチのコースのタイミングを知っているし、前菜をゆっくり食べ終え、シャンパンからワインに切り替えたあとも、店内の様子を楽しげに見守っている。

飯塚とはまた違《ちが》う、スマートな雰囲気《ふんいき》を持つ男に居ても立ってもいられず、御園は彼のワイングラスが空になってから五分経《た》ったあたりで、完璧《かんぺき》な笑顔《えがお》を浮《う》かべながら、そっと近づいた。

「よろしければ、お注ぎいたしましょうか」

「ベストタイミング。ロゼの新しい顔だけのことはありますね。ちょうどお代わりが呑《の》みたいなと思ってたところですよ」

ワイングラスを傾《かたむ》けてくる男に真っ白なナプキンで包んだボトルを傾けてやると、「御園さんもいかがですか？」と勧《すす》められた。

「一杯《ぱい》ぐらい、呑んでくださいよ。これ、とてもおいしいワインだし」

「でしたら、お言葉に甘えて少しだけいただきます」

年代物のワインを開けたとき、客に一杯勧められることはよくある。御園もソムリエの資格を持っているため、ほんとうにいいワインと、そうでないワインの区別はすぐにつく。

諏訪がオーダーしてきたのは、極上《ごくじょう》の白ワインだ。瞼《まぶた》を閉じてまろやかな香りを存分に楽しんでから、ゆっくり口に含《ふく》んだ。爽《さわ》やかな味わいが、またいい。

「……お目が高くていらっしゃる。とても、いいワインです。このあとのメイン料理にも合うはずです」

「フランスで散々呑まされましたからね。さすがに舌を鍛《きた》えられましたよ。もう一杯、いきましょうよ。僕ひとりじゃ余っちゃうし」

「いえ、でも」

酒には強いほうだが、他の客の手前もあるし、調子に乗りすぎるのはよくない。控《ひか》え目に断ろうとしたが、諏訪がにこにことボトルを差し出してくるので、断ろうにも断れなくなってしまった。

「それじゃ、この二杯目だけ」

「ぜひ」

グラスの半分ほど注がれたワインを一気に呑み干すと、ふわりとした温《ぬく》もりが身体《からだ》を包み込む。これぐらいで酔《よ》うわけではないが、少し頰《ほお》が熱い。

「へぇ……、いい顔しますねぇ……。四郎が言ってただけのことはある」

感嘆《かんたん》したように呟《つぶや》く諏訪が、笑顔のまま、「あの」と身を乗り出してくる。

「四郎、この店ではうまくやれてますか？ フランスの頃《ころ》から考えると、あいつとは結構長いつき合いなんですが、なんせ相当の自信家でしょう。石井料理長のような頑固な方と真正面からぶつかってそうですよね」

「最初の頃は……それなりに。でも、いまはお互《たが》いにいい距離《きょり》を保っているようですよ」

身内のことを悪《あ》しく言うのはマナー違反《いはん》のような気がするので、さらりとかわした。けれど、飯塚と石井のあいだに流れる空気が、最初の頃と比べると、格段によくなったのは確かだ。毎日同じ厨房で働くことで、互いの腕をそれなりに認め合っているのだろう。

「そうか。あいつも、目上を立てることを少しは学んだのかな。フランスにいた頃はね、先輩格のシェフにも堂々と食ってかかるぐらい生意気だったんですよ。そばで見てる僕らがはらはらするぐらい」

　思い出し笑いをしている諏訪に、「そうだったんですか」と微笑《びしょう》しながらも、胸の裡《うち》はやっぱり、――やっぱりおもしろくない、のひと言に尽《つ》きる。

　自分の知らない頃の飯塚を、諏訪は知っている。

　それがこのあいだからどうにもこころを揺《ゆ》らしているのだが、突《つ》き詰《つ》めたところでどうにかなるわけでもない。

「ごゆっくりお過ごしください」とその場を離《はな》れ、メイン料理、デザートへと進んでいくあいだ、御園は品のある微笑を崩さなかった。

　だてに、ロゼの顔を務めているのではない。

　相手が誰《だれ》だろうが、どんな過去を持っていようが、ロゼに来てくれた以上は、最高級のもてなしで満ち足りた時間を過ごしてほしい。

　それだけを頭に置き、隙のないサービスの最後には、石井料理長と飯塚がそろって挨拶《あいさつ》にやってきた。店内に残っている客は、諏訪だけだ。

「お久しぶりです。石井料理長のお味を久しぶりに堪能《たんのう》できて、嬉《うれ》しかったです」

「それはなによりでした。デザートは、こいつがつくったんですがね」

　そう言って、石井は苦笑しながらかたわらの飯塚のほうを見て頷《うなず》く。

「せっかく諏訪が来てるんだから、俺も腕をふるいたくて。石井料理長にごねて、やらせてもらったんだ。旨かっただろ?」

「こら、お客様になんて口のききかたをするんだ」

「いやでも、俺のデザートがまずいはずないでしょう」

「おまえらしいよ。僕もいつか、ここで働きたいな」

ふっと吹《ふ》き出した諏訪に、飯塚も石井も一緒《いっしょ》になって笑い出す。

まだ残っていたワインを彼らにも振る舞《ま》う諏訪は、屈託《くったく》ない笑顔で今夜の料理のことや、ロゼの変化について、それから本場フランスのあちこちのレストランについて話し、石井や飯塚も楽しげに相づちを打つ。

他《ほか》に客がいないこともあって話は盛り上がるが、御園としては笑顔を続けているのがだんだん苦痛になってきた。

諏訪も飯塚も石井も皆《みな》シェフなので、同じ食材をまったく違う切り口でとらえ、どういう味付け、盛り付けにするかという話題で、何時間でも喋れるのだろう。

だが、自分はそこまでついていけない。同じレストランで働いているとは言っても、シェフとギャルソンとでは仕事の内容が大きく異なる。

——俺の知らない話。俺の知らない飯塚。そんなものをこれ以上見ても聞いても、どうしようもないじゃないか。

諏訪という人物そのものには、好印象を持っている。飯塚とは違って穏《おだ》やかだし、他人に対する距離の取り方もうまいと思う。

もし、彼だけと出会っていたら間違いなくいい関係を築けたはずだ。自分で言うのもなんだが、赤の他人でも五分話せば打ち解けられる自信がある。

だが、飯塚相手にはそれが通用しないのだと思い知らされたし、諏訪もまた、飯塚と深い接点があるはずだと感じるからこそ、無意識のうちに一歩引いてしまう。

子どもっぽい感情だと自分を戒《いまし》めたが、愛想《あいそ》笑いをするのにも限界というものがある。

「……私は片付けがありますので失礼しますが、石井料理長たちはこのままどうぞ」

小声で石井に耳打ちしたのが、諏訪にも聞こえたらしい。

「すみません、長々話し込んじゃって。お会計、お願いします」

「いえ、まだ店は開いておりますからゆっくりしていらしてください」

こころにもないことを言っている自覚は十二分にあったが、なんとか笑顔を向けた。しかし、もう夜もふけて、十一時半過ぎだ。

「僕も明日は仕事なので、今日のところはこれで帰りますよ。また、寄らせてください」

「また来るのかよ」

「いいだろう、べつに。知らない仲じゃないんだし」

口を尖《とが》らせている飯塚に諏訪がさらっと言い返すのを見ていたら、よけいに疲《つか》れてきた。

質のいいコートを羽織った諏訪を、「お気をつけて」と送り出し、ようやく一日が終わったとぼんやりしていたら、「どうしたんだよ、えらく疲れた顔してるじゃん」と飯塚がおもしろそうな顔でのぞき込んでくる。

その余裕《よゆう》ある態度が前から気に食わなかったが、今夜は最悪だ。

「ほんとうに疲れたんだよ。おまえもとっとと帰れ」

「相変わらずキツイこと言ってくれるなー。俺も後片付け手伝うからさ、ちょっと相談に乗ってくれよ」

「……いまからか？」

不機嫌《ふきげん》そうな顔にもめげず、飯塚は、「うん。手短に話すから」と引き下がらない。

「じゃあ、帰りの車の中で聞く」

「サンキュ」

すぐさま厨房《ちゅうぼう》に戻《もど》っていく男の背中にため息をつき、御園は手早く店内の清掃《せいそう》を始めた。

――なにを相談したいっていうんだろう。仕事のことか、それとも諏訪のことか。

終始、親しげに喋《しゃべ》っていた彼らを思い出すと、どうしたって眉間《みけん》の皺《しわ》が深くなる。

なぜ、この自分が飯塚と諏訪のつき合いに苛々《いらいら》しなければいけないのか。

いくら考えても満足のいく答えが出ず、コートを引っかけた飯塚とそろって店を出て車に乗り込んだときには、「まだ機嫌直らねえの？」と訊《き》かれたぐらい、露骨《ろこつ》に感情を剝《む》き出しにしていたらしい。

「いちいちうるさい。相談って、なんだ。さっさと話せ」

「あのさ、俺とアンタがロゼを新しく生まれ変わらせるために配属されて、結構経《た》つだろ。いまのところ、ランチメニューもうまくいってるし、そのうち、シェフのお任せコースも軌道《きどう》に乗るはずだ。今夜、諏訪が来てくれただろ？　あいつが『石井さんにお任せしたい』って言ってくれたことで、石井料理長も悪い気分じゃなかったらしいんだ」

「だろうな」

素っ気なく言い返し、アクセルを踏《ふ》む力を弱める。ポルシェをぶっ飛ばせば、あっという間にマンションに着くのはわかっているが、それでは話を聞いてやる余裕がない。

——それにこいつ、スピードに弱いから。今夜も客がひっきりなしに来ていて疲れてるだろうし。

前に比べたら、飯塚の弱いところを知っているぶん、それとなく気遣《きづか》ってやっている自分がいることに気づき、——なんで俺がいちいちそんなことをする必要があるんだ、と混ぜっ返す自分もいて、しまいにはひどく混乱しそうだ。

「で、まあ、このへんでもう一発、デカいことをやっておこうかと思って。アンタの力が必要なんだよ」

「……どんなことをやりたいんだ」

「クルーズ・ディナー」

「は？」

思ってもみない言葉に、間が抜《ぬ》けた返答になってしまった。

「船の中で食事させたいんだ。結構いい案だろ？」

のろのろ運転だったのを幸いに、路肩《ろかた》に車を停《と》めて、「どういうことだ」と真剣《しんけん》な顔で向き合った。

「遊園地でもあるまいし。船の中での食事なんて、石井料理長が許すと思うか？」

「思わない。まあ、いまのアンタの反応のほうが、これまでのロゼとしちゃ正しいだろうな。でも、せっかくいい感じに変わっていけてるんだから、この機会を見逃《みのが》す手はないだろう。東京か、もしくは横浜《よこはま》の綺麗《きれい》な夜景を眺《なが》めながらの食事をするっていうのは、年齢《ねんれい》問わずいけると思うんだ」

こと、仕事に関すると熱心になる飯塚をじっと見つめ、御園も口を閉《と》ざして可能性を考えてみた。

東京や横浜の夜景が美しいのは知っているが、実際に沖合《おきあい》にまで船を出して客に食事をさせるとなると、予想以上の労力が必要になりそうだ。

麻布という一等地の一角に、ロゼはずっと昔からあった。つねに変わらぬ高品質のサービスと味で客をもてなす店が、わざわざ海の上に出る必要があるのか。

飯塚のアイデアに眉《まゆ》をひそめていたが、大小の鏡や額縁《がくぶち》が飾《かざ》られた、どっしりとした美しさを兼《か》ね備《そな》えたいつもの店ではなく、船内で鮮《あざ》やかに煌《きら》めくイルミネーションを窓から眺めながらわくわくとした笑顔《えがお》で料理を待ってくれる客が自然と浮《う》かんできて、思わず、ふっと微笑《ほほえ》んだ。

「……案外、おもしろそうかもな」

「だろ？　アンタもそう思うだろ？　できれば、すぐにやりたいんだよ」

ぱっと顔をほころばせる男が食いつきのいい犬みたいに見えて、苦笑いしてしまった。

——いつも、同じ場所にある店が、ある日突然違《とつぜんちが》うところに現れる。そういうサプライズは、古くからの顧客《こきゃく》にも、新しくロゼを知る客にもうってつけかもしれない。

飯塚の発想は大胆極《だいたんきわ》まりないが、確かにこころ惹《ひ》かれる。

日頃《ひごろ》の仕事だけでも忙《いそが》しいだろうに、さらに新しいアイデアを練っていたのかと思うと、その機動力の高さに驚《おどろ》くばかりだ。

「でも、いきなり船を借りるなんてできるのか？　ああいうのは遅《おそ》くても半年前ぐらいから予約が必要だろう」

「俺の昔の友人で、いまは大型客船の船長をやってるヤツがいるんだよ。そいつに頼《たの》み込めば、半日ぐらいなんとかなると思う。いまはまだ、本格的な春前だろ。原油高騰《こうとう》もあるし、オンシーズンだと船を動かすのもバカ高いんだけどよ、いまだったら普通《ふつう》よりちょっと安めに借りられるって話なんだ。乗船は四時にして夕焼けと夜景をたっぷり楽しんでもらったら、夕食を食べていただく。港に戻るのはだいたい、十時、十一時ってところかな」

「そうか……。だったら、ディナーの価格は乗船代を含《ふく》めて二万円ぐらいに留《とど》めたい」

「マジで言ってんのか？」

驚いたのは、飯塚のほうだ。たぶん、彼のほうでは、安くても三万円あたりを考えていたのだろう。

「真面目《まじめ》に言ってるが」と御園も言い返して、ステアリングを人差し指でとんとんと叩《たた》く。

「せっかく大掛《おおが》かりなイベントで人目を惹きつけておいて、食事代金が高いんじゃ、結局手を出しづらいだろう。……おまえが言うように、ロゼがいい感じに変わってることは、俺も感じてる。だったら、一か八かの勝負に出たほうがいい。値段は下げても、品質は落とさない。そのことはランチメニューで証明ずみだろう？」

「まぁ、そうだな……。フルコースのディナー、二万円でどれだけのものがつくれるか、石井料理長とガチンコ勝負になりそうだよな」

「俺が後押ししてやる」

さりげない感じで言ってやると、飯塚がちょっと目を瞠《みは》り、「助かるよ」と嬉《うれ》しそうに頷《うなず》く。

「アンタが味方についてくれるなら百人力だよ」

「過剰《かじょう》に期待するなよ」

「するする、もう全力で期待する。ああ、せっかくだから諏訪も招待してやるか」

「いいんじゃないのか」

いのいちばんに諏訪の名前を出すあたり、やはり、それなりの想《おも》いがあるのだろう。飯塚に気づかれないよう、こっそりとため息をついた。

自分の中に渦巻《うずま》くもやもやとした気分の正体が、わかっているようでいて、わかりたくない。悔《くや》しいけれど、飯塚からどうしても目が離《はな》せない。

ある日いきなり店にやってきて、『二十四年前から目をつけていた』だのなんだのとバカげたことを言う男が確かな腕《うで》を持ち、長い歴史を誇《ほこ》るロゼを新しい方向へと導いていくなかで、多くの視線が彼に集まることにとまどい、彼の古い友人の登場にすら動揺《どうよう》してしまうのはなぜなのか。

——こいつの近づき方が普通じゃなかったから、俺も些細《ささい》なことに突《つ》っかかっているだけだ。強引《ごういん》にキスされて、抱《だ》かれたけれど、それ以上の仲になるわけじゃない。こいつにとって、いまのところ俺はさしずめ、仕事仲間のひとり、興味あるセックスフレンドのひとりなんだろう。

そう考えると、よけいにため息をつきたくなったが、飯塚に根掘《ねほ》り葉掘り問いただされるのを懸念《けねん》して、どうにか堪《こら》えた。

諏訪と再会してから、飯塚の才能により磨《みが》きがかかった気がする。

——お互《たが》い、悪く想ってないんだろうから、俺のことはなかったことにして、ふたりでまた始めればいい。俺がいま感じているとまどいだって、一時的なものだ。飯塚みたいな男には初めて出会ったから、いろんなことに揺《ゆ》れているだけだ。

ちょっとむりをしているな、と思わずにはいられなかったが、いまここで、「おまえにとって、俺はどういう存在なんだ」とあからさまに訊けるほど、自分のプライドというのは脆《もろ》くできているわけではない。

——ロゼが高嶺《たかね》の花と称賛《しょうさん》されてきたなら、俺もそれにふさわしい意志を貫《つらぬ》け。いま、ここでぐずぐずと飯塚に寄りかかるなんて、自分で自分が許せない。

「明日から、早速《さっそく》計画を練ろう」

「よし。みんなの目が飛び出るぐらい、ド派手にいってやる」

不敵に笑う飯塚に、御園は軽く頷いて再び車を走らせた。

いまは、仕事がうまく進むことだけを考えたほうがいい。隣《となり》に座る男がなにを考えて自分に触《ふ》れてくるのかということについて、深く考えたところで、これといった答えが出るわけではない。

自分をきつく戒《いまし》めても、意識がどうしても飯塚のほうへと傾《かたむ》いてしまうことが、ただただ悔しかった。

飯塚が発案したクルーズ・ディナーは、予想どおり、ロゼの古参シェフやギャルソンたちのあいだで大騒《おおさわ》ぎになった。

大半は、御園が懸念したように、「なぜ、老舗《しにせ》のロゼがそんなテーマパークのようなことをしなければいけないのか。格が下がる」という声だったが、なんと、それをまとめてくれたのは、最初から飯塚とぶつかっていた石井だった。

働き慣れたロゼの厨房《ちゅうぼう》ではなく、大型客船という場所でディナーを提供することに諸手《もろて》を挙げて賛同したわけではないが、飯塚と御園の話をひととおり聞き終わったあと、強面《こわもて》のまま、「……おもしろそうじゃありませんか」と言ったのだ。

「ただし、いつもとはまったく違う場所で料理をつくるわけですから、それ相応の問題がいろいろと噴出《ふんしゅつ》するだろうということは、覚悟《かくご》のうえでしょうな」

「もちろんです。もう一度、簡単にこのプランの内容を確認《かくにん》しますが、夕方の四時に東京の日の出桟橋《さんばし》を出航、沖合まで一度出て最初のビューポイントで停泊《ていはく》。そのあいだ、お客様には東京タワーや汐留方面の夕暮れから夜景を楽しんでいただきつつ、お茶かお酒をお出しします。その後、ふたつめのビューポイントに移動し、お台場方面の夜景が見えるあたりで三時間近く停泊。ここで、ディナーとなります。お客様のお食事がだいたい二時間前後で終わると予想して、その後一時間は、腹ごなしというところでしょうか。もう一周、東京の夜景をゆったりと眺めながら、十時、もしくは十一時頃《ごろ》に帰港の予定です」

御園が仮の進行表をみんなに見せながら説明した。

一日の仕事を終えて厨房に集まったシェフやギャルソンたちは誰《だれ》もが疲《つか》れた顔をしているが、たったいま聞かされたばかりの新しい企《き》画《かく》に驚きを隠せなかったので、飯塚が途中《とちゅう》で全員にコーヒーを淹《い》れてやった。大橋支配人には、あらかじめ話を聞かせていたから、「うん、うん」とひとのいい顔で相づちを打っている。

「六時間のあいだ、シェフの実働時間は仕込みも含めて三時間前後です。ギャルソンはお茶やお酒のサービスがありますので、もう少し多めに見てもらったほうがいいかと思いますが、お客様それぞれ、自由に過ごしたいという方もいらっしゃるでしょう。今回の客船はキャビンが二十ちょっとある大型船ですから、一組ずつにお部屋を用意できます。晩餐《ばんさん》はホールで行いますが、その後、お部屋に戻《もど》ってくつろぐのも、デッキに出て夜景を楽しんでいただくのも、お客様の好みで選んでいただけるようにしましょう。どうですか、石井料理長」

「全体的には悪くないと思うが、ただ海の上に出て食事をするというだけでは少々もの足りない気もしませんかな。せっかく、ここまでデカいことをやるわけですから、もうひとつぐらいなにか余興があってもいいんじゃないですか」

「余興？」

飯塚と御園がそろって首を傾《かし》げると、熟練シェフは腕を組み、曇《くも》りひとつないステンレスの調理台に置かれた進行表を真顔で見つめている。

「キャビンが二十ちょっとという点と、私どもとしても初めての試みですから、まず、招待客は二十組に留《とど》めておいたほうがいいでしょう。とりあえず、今回はおふたり様一組という形でカップルやご夫婦《ふうふ》をお招きしたとして……、みんながみんな、寒空の下に出て夜景を眺《なが》めるわけでもないでしょうし、キャビンに閉じ籠《こ》もっていちゃこらしてるわけでもないでしょう」

「なんですか、そのいちゃこらって」

しかめ面《つら》のシェフから飛び出した言葉に、御園も飯塚も、その場にいた全員がいっせいに吹《ふ》き出した。

「石井料理長、たまに真面目《まじめ》な顔で変なこと言いますね」

「おまえほどじゃない」

肩《かた》を揺らして笑う飯塚の頭を軽く小突《こづ》き、石井はぐるりと全員を見回す。

「船に乗っての食事が初めての方もいらっしゃるでしょうから、緊張《きんちょう》なさる方も中にはいるでしょう。なにか、気がほぐれるものが必要です。たとえば音楽とか、なにか……」

とん、と進行表を拳《こぶし》で叩く石井に、「──あの」と御園は自然と身を乗り出していた。

「……身内のことでお恥《は》ずかしいんですが、ちょうどこのクルーズを催《もよお》す頃に、私の家族が全員、日本に戻っているんですよ」

「ああ、そういえば、御園くんのお家《うち》は音楽家だったっけ？　ご両親は確か、海外の楽団にいらっしゃるんだよな」

大橋が思い出したように頷《うなず》くので、「兄や姉も、それぞれヨーロッパの楽団にいます」と控《ひか》え目に言い添《そ》えた。

当然、楽団の名前を訊《き》かれたので、少々面《おも》はゆい気持ちながらも、ドイツとオーストリアの有名な楽団を挙げた。

父はニューヨークに本拠地《ほんきよち》を置く交響楽団《こうきようがくだん》に属するヴァイオリニスト、母も同じ楽団のピアニストとして名を馳《は》せている。

六歳上の兄はクラリネット、四歳上の兄はヴァイオリン、二歳上の姉はフルートの道を選んだというクラシック一家に育った御園は、幼い頃から、両親のコンサート・ツアーで世界中を回り、さまざまな風景、さまざまな味を楽しんできたのだ。

「昔からアンタんちが音楽一家なのは知ってたけどよ……。ホントにハイレベルだったんだな。なんでいままで言わなかったんだよ」

素直《すなお》に驚《おどろ》いている飯塚同様、他《ほか》の仲間たちもびっくりした顔だ。

その方面に詳《くわ》しければ、御園一家というのは日本が誇るクラシック界の実力者だとすぐにわかるだろうが、御園自身は、親の七光りを利用しようと思ったことは一度もなかった。

「家族は家族で、私の仕事とはまた違《ちが》うので、とくに言う必要はないと思っていたんです。……ただ、身びいきかもしれませんが、それなりの演奏はできます。いまから急遽《きゆうきよ》、国内の楽団や個人の方をあたっても、実際、演奏をお願いするのは難しいでしょう。その点、うちの家族ならちょうど帰国時期にあたってますし。ギャラもいりません」

「それは逆に失礼にあたりませんか。仮にも、御園さんのご家族は世界中で活躍《かつやく》されている音楽のプロフェッショナルでしょう。タダで聴《き》かせてもらうわけにはいきません」

長年、第一線で働いてきた石井の筋の通った言葉に、飯塚が、「じゃあさ」と楽しげな顔をする。

「石井料理長ご自身が、御園さん一家のためにこっそり特別ディナーをつくってあげたらいいじゃないですか。それこそ、相手は世界中の味を知り尽《つ》くしてるひとたちですよ？　日本のフレンチ界における巨匠《きよしよう》としては、敵に不足はないでしょう」

「言ってくれるじゃないか、小僧《こぞう》。覚えてろよ」

石井と飯塚のやり取りに、みんながどっと笑い出す。

「石井料理長みずからふるまってくれるディナーは、ここしばらく、うちの家族も味わえてませんから。飯塚の言うとおり、ちょっとだけ特別な料理にしてもらえるだけでいいですよ」

「わかりました。ひとつ気合いを入れて、みんなが見たこともないスペシャルディナーにしましょう」

石井が力強く請《う》け合ってくれたことで、ロゼのメンバーたちもやる気になってきたらしい。

「二万円のコースだと、材料がかなり限られるよな……」

「でも、そのへんが腕《うで》の見せどころじゃないか。客船の厨房がどうなってるか、前もって一度見ておきたいですね」

「ギャルソンは多めに、ってことでしたから、一応、全員参加にしましょうか」

「だったら、僕ら若手のシェフも参加させてくださいよ。こんな機会、めったにありませんし、メイン料理に関《かか》われなくても、お客様のお相手を務めます」

新人から古参まで、平等に、活発に意見を交《か》わす。それはいままでのロゼになかったもので、飯塚がもたらしてくれた変化だ。

彼の鮮《あざ》やかで大胆《だいたん》な手腕《しゆわん》をあらためて称賛《しようさん》しながらも、御園は、勢い現実味を帯びてきた、『ロゼ・ノワール』初のクルーズ・ディナーに招く客をどうすべきか、ということを大橋支配人と話し合った。

昔からの客も呼びたいし、せっかくの低価格だ。新規客も招きたいという意見がシェフやギャルソンたちからも出たことで、全部で二十組のうち、十組はとくにロゼを贔屓《ひいき》してくれている上客を呼び、残り十組は抽選《ちゆうせん》にしてみようかということになった。

「ランチに来てくれるお客様にもわかるよう、ぱっと目立つポスターでもつくりましょうか。ほら、うちによく来てくださるデザイナーさんで有名な方、いらっしゃいますよね。あの方に依頼《いらい》するとか」

「でも、それだと変に仰々《ぎようぎよう》しいし、店の雰囲気《ふんいき》が壊《こわ》れないか？　だったら、クルーズ・ディナーの概要《がいよう》を書いたポストカードみたいな感じのものをひとりずつに配るとか」

「それがいいかもね。カードサイズのものなら、家に持って帰ってゆっくり読んでもらえるし。他の誰かに見せることもできるよ」

話し合っていくうちに、概要がどんどん決まっていく。

東京湾《わん》から夜景を眺めるクルーズ・ディナーは、三週間後の、三月終わり間際《まぎわ》と決まった。年によっては、まだ小雪がちらつく季節だが、四月になってしまうと、完全に観光シーズンになってしまって、ディナー料金自体を上げなければいけなくなる。

だとすれば、三月終わりがぎりぎりだ。

「早速《さっそく》、明日から招待カードをつくります。大橋支配人、顧客《こきゃく》のどなたを招待するかの絞《しぼ》り込みも、明日からやりましょう」

「よし。じゃあ、石井料理長たちは当日のメニューを三パターンほど考えてくれ。内々で試食会を何度かやって、いちばんいいものを出そう」

「わかりました」

「了解《りょうかい》です」

皆《みな》、初めての試みにどこか不安ながらも、楽しげな顔をしている。

御園もそうだ。目をつぶっていても歩ける店内から、まったくの未知なる大型客船へ舞台《ぶたい》が移ると考えるだけで、気分が浮《う》き立ってくる。

テーブルと椅子《いす》をどう配置すればいいか、サービスが行き届くかどうか、料理の味は一定レベルをクリアできるか、たぶん、一日中気を張りっぱなしだろうと思う。

――でも、やってみる価値はある。新しいことをおもしろがる気持ちを、いままでのロゼや、俺は忘れていたのかもしれない。古いものを守っていく大切さはもちろん知っているけど、さらにもう一歩踏《ふ》み出す勇気が、いまは必要なんだ。これから先も、ロゼがロゼであり続けるためにも。

クルーズ・ディナーの概要が決まった翌日から、完全にエンジンがかかった飯塚の勢いというのは傍目《はため》から見ていても凄《すさ》まじく、疲《つか》れを知らないのかと思うほどの働きぶりを見せつけてくれた。

昼も、夜も、多くの客で埋《う》め尽くされ、厨房《ちゅうぼう》はフル稼働《かどう》し、ギャルソンたちもつねに笑顔《えがお》を絶やさずサービスを続けるかたわらで、「今度、こんな催しをやるんですよ。抽選ですので、よろしければ、是非応募《ぜひおうぼ》してみてください」とクルーズ・ディナーのアピールも忘れなかった。

日々の仕事に加えて、クルーズの一件が絡《から》んでくると、さしもの御園もぐったり疲れ、車を運転するのも危なっかしく思えたので、店とマンションは近いながらも、タクシーで行き来するようにした。その際、飯塚もいつも一緒《いっしょ》だ。

――同じマンションに住んでるんだし、ついでだし。

あれこれと自分に言い訳しているのが滑稽《こっけい》だったり、虚《むな》しかったりしたが、とにかくいまは、初めてのクルーズ・ディナーを成功させることだけを考えたい。

勝手気ままに触《ふ》れてきていた飯塚も、連日の激務の合間を縫《ぬ》って、クルーズで出すメニューについて石井たちと盛んに意見交換《こうかん》し、試食会を繰《く》り返していた。

「やっぱ、二万円で豪華《ごうか》なメニューっていうのも限界があるよ」

気丈《きじょう》な飯塚にしては珍《めずら》しい弱音を聞いたのは、クルーズ・ディナーまで残すところ一週間となったあたりだ。

土曜の混雑したロゼを閉めたあと、「客にワインをたらふく呑《の》まされた」とほろ酔《よ》い加減の飯塚とふたりでタクシーでマンションに戻《もど》り、ふらついた足取りが気になったので、六階の部屋まで送ってやった。

「あー、今夜の克哉はえらく親切だなぁ。もしかして、本気で俺に惚《ほ》れてくれたかぁ?」

「バカも休み休み言え。自分で革靴《かわぐつ》の紐《ひも》ぐらい満足にほどけない男にどこの誰《だれ》が惚れるんだ」

飯塚は自分と似てかなりいける口なのだが、今夜来ていた客には強く勧《すす》められて断り切れなかったらしい。店にいたあいだはなんとか平静を保っていたが、こうしてプライベートになると、緊張《きんちょう》の糸はぷつんと切れるらしく、御園の肩《かた》にもたれて玄関《げんかん》口にへたり込む。

それから、いきなり御園の両頬《ほお》を摑《つか》んできた。

「なんだ」

間近に迫《せま》った男っぽい顔立ちに、鼓動《こどう》の高鳴りがばれないかどうか不安だ。

「いや、やっぱスゲエ美人だなと思ってさぁ。俺が二十四年間惚れ続けただけのことはある。うん。俺の目に狂《くる》いはない」

「……言ってろ」

そういう甘い言葉をいままで、さぞ多くの相手に何度も囁《ささや》いてきたのだろう。堂々とした態度だけは褒《ほ》めてやりたいが、嫌《いや》みになるような言葉がうまいこと見あたらない。

もとをただせば、彼のほうがずっと自分のことを意識してきたのだ。二十四年間忘れなかったかどうかということはさておき、ロゼで会って以来、押しに押されっぱなしだ。

だが、その強い力が目くらましのまやかしではなく、磨《みが》き抜《ぬ》かれた本物だと知ったときに、胸の中にある天秤《てんびん》はいつしか飯塚のほうへと傾《かたむ》いていたのだろう。

――実際、飯塚はいつか、自分の店を出せるぐらいの腕前《うでまえ》だ。客をどうすれば呼び込めるか、すぐに考えて動ける力もある。こいつは、この先なにをやるんだろう。どんなことをしていくんだろう。

叶《かな》うものならば、彼の行動をそばで見守り、ときにはいまのように支えてやることもしてやりたい。職種は違《ちが》えど、とても近い場所にいる間柄《あいだがら》だ。

――飯塚のつくる料理を、最高の舞台に出してやりたい。

そんなふうに考えるようになるなんて、最初の頃《ころ》は想像もできなかった。

強引《ごういん》で、場の空気をまったく読まない男は、底知れぬ勘《かん》のよさと発想力を持っていて、次になにをするか、傍《はた》で見ていてもどきどきする。

「ねーみーいー……」

「わかったわかった。玄関で寝《ね》るな、こら、ちゃんと靴を脱《ぬ》げ……ってああもう、いきなり脱がなくていいだろうが！　靴下はそのままでいいから、ベッドで寝ろ！　床《ゆか》で寝るな！　おまえは動物か！」

酔った頭でもたくさとシャツを脱ぎ出す男を慌《あわ》てて寝室《しんしつ》に引っ張り込み、なんとかベッドに寝かせ、四苦八苦した挙げ句にパジャマに着替《きが》えさせた。

カレンダーはとっくに三月に入っていて、もうあと二週間もすれば都内の桜もいっせいに咲《さ》き出す季節だ。けれど、いまだ夜は冷え込むことが多く、御園もセーターに薄手《うすで》のコート姿だったのだが、酔っぱらいの飯塚を介抱《かいほう》してやっているあいだに、汗《あせ》だくになってしまった。

パジャマの襟元《えりもと》をよじらせた飯塚は、とっくに熟睡《じゅくすい》している。

「子どもか、おまえは」

安心しきった顔にはあはあと息が切れ、しまいには苦笑いしてしまった。

仕事が終わったとたん、ぶつんとスイッチが入れ替《か》わって熟睡できるのが、肝《きも》の据《す》わった飯塚らしい。

自分なら、ベッドに入るまで結構時間がかかる。その日一日の仕事の出来を確かめ、反省すべき点は反省し、明日やるべきことをひととおりさらっておくたちだ。

音楽家の一家に生まれて、ピアノやフルート、ヴァイオリンの音色を毎日聴《き》きながらもその道に進まなかったが、音楽も、思いどおりの音を出すために予習、復習を欠かせない。大きなコンサートや演奏会といったものがないオフシーズンでも、つねに楽器に触れている。『そうじゃないと、楽器が拗《す》ねる感じがするんだよ。こっちとしても、扱《あつか》い方を忘れてしまうしね』

いつだったか、ヴァイオリンの弦《げん》を調整しながら父が言っていた。

毎日毎日、二、三曲弾《ひ》いてその日の自分の体調だけでなく、楽器の機嫌《きげん》も確かめるのだという。ピアニストの母も、クラリネットやフルートを扱う兄や姉たちも同じことを言っていた。

『楽器はもう、手足と一緒だから。動かしていないと落ち着かないでしょう。克哉が毎日おいしいものを食べないと、満足できないのと同じこと』

妙《みょう》なところで一緒にされて笑ってしまったことがあるが、彼らの言いたいことはわかる気がする。

レストランの副支配人として采配《さいはい》をふる自分は、家族と違って楽器という武器を持たないけれど、長年養ってきた勘や目がある。一発で客が誰かということを見分けられる能力がある。

それを日々、絶えず磨き抜いてきたからこそ、飯塚の提案したクルーズ・ディナーという一見突飛《とっぴ》に見えるアイデアにも、ゴーサインを出すことができたのだ。

練習熱心な家族のもとで育ってきたせいか、寝る前はいつもいろんなことを考える。

──今日来た客に満足してもらえただろうか、見落としたことはなかっただろうか、明日も客はちゃんと来てくれるだろうか。

老舗《しにせ》の店だからとシェフやギャルソンたちが自分の腕を過信してふんぞり返り、いつしか客はひとりも来なくなり、閉店に追い込まれた、という話はよく聞く。

「──ロゼがそうならないためにも頑張《がんば》らなきゃな。おまえが、せっかくフランスからうちの店に来てくれたんだから……」

毛布にくるまった男の頭を軽く小突《こづ》くと、飯塚がむにゃむにゃ言いながら身体《からだ》をすり寄せてくる。

「……まったく、なんでおまえはそう簡単に俺に近づくんだよ」

突き放そうとしても、ベッドの端《はし》に座る御園の体温を感じ取ろうとするように寄り添《そ》ってくる飯塚は熟睡していて、まるで無防備だ。

かすかに開いた形のいいくちびるからこぼれる穏《おだ》やかな寝息を聞いていると、もどかしい想《おも》いがこみ上げてくる。

どうして、目が離《はな》せないのだろう。どうして、こんなにも気になるのだろう。

──おまえのほうが勝手に触《さわ》ってくるから悪いんじゃないか。なんで、俺をかき乱すことばかりするんだ？　なんでいつも触ってくるんだ？　どうして近づいてくるんだ？

怒《いか》りにも似た衝動《しょうどう》は、飯塚のせいにして八つ当たりしてしまえばいい。

御園は眠《ねむ》っている男のくちびるに自分のそれを軽く押しつけ、素早《すばや》く身を引いた。

——おまえが俺にしてきたことに、仕返ししただけだ。

これほど下手《へた》な言い訳もない気がする。

過去、自分をあれだけいいように振《ふ》り回した男のくちびるはほんのり温かく、快い感触《かんしょく》で、——もう一度、という衝動に駆《か》られるが、二度も三度もしたら、さすがに飯塚も目を覚ましてしまう。

眠っているあいだ、一度だけのキスなら、ばれないはずだ。

そんなふうに考えている自分は、飯塚に惹《ひ》かれているのだろうか。

——好きになったとでも言うんだろうか。ここまでやりたい放題の男というのも初めてだから、ただ混乱してるだけじゃないのか？

セックスから始まった微妙《びみょう》な関係で、いまさら好きなのかどうかと確かめているときじゃない。クルーズ・ディナーのこともあるし、御園としては、いますぐ、個人的な気持ちに片を付けたい気分ではなかった。そこまで自分は子どもじゃないと思いたい。

なにはともあれ、クルーズ・ディナーを成功させるほうが先だ。

「……なんで俺がおまえを好きにならなきゃいけないんだよ……」

ちいさな呟《つぶや》きに飯塚が気づくはずもない。

それでも、温かくて骨っぽい手を握《にぎ》り、御園は長いこと飯塚の寝顔に見入っていた。

三月最後の週末、気温はそれほど上がらなかったが、朝からいい天気だった。春の薄《うす》い青空をときおり見上げながら、御園は昼間からずっとクルーズ内でのセッティングに取りかかっていた。

日本でも屈指《くっし》と言われるフレンチレストランの『ロゼ・ノワール』が、初めて海上ディナーを行うというニュースは御園たちが予想もしていなかったほどに話題になり、週刊誌やテレビでも取り上げられた。

おかげで、こちらから招待した昔馴染《むかしなじ》みの顧客《こきゃく》十組の他《ほか》、抽選《ちゅうせん》で選ばれる十組には三百以上もの応募《おうぼ》があり、嬉《うれ》しい悲鳴をあげることになった。二万円という低価格や、六時間のクルーズというちょっとした旅行気分が楽しめるところが世間の目を惹いたのだろう。

早くも、「第二弾《だん》を」という声が出ているが、まずは今日一日を滞《とどこお》りなく終わらせることで、頭が一杯《いっぱい》だ。

もともと、ランクの高い客船ということもあってか、ホールの装飾《そうしょく》は品がよく、シャンデリアやテーブル、椅子《いす》などの調度品のレベルも高い。

テーブルをひとつずつ窓際《まどぎわ》に寄せて真っ白なクロスをかけ、水に浮《う》かぶキャンドルをひとつずつ置いていく。慣れない船内で怖《こわ》いと思うのは、やはり火事だ。ロゼでも、つねに火を扱っているだけに、万が一の場合は誰《だれ》でも消火活動ができるように三か月に一回、訓練しているが、今日はまた特別だ。目の邪魔《じゃま》にならない場所に消火器を置き、ギャルソン同士でチェックし合った。

「御園さん、この花瓶《かびん》、どのあたりに置きますか」

「額や飾《かざ》り物も一応、目立たない程度に固定させておいたほうがいいですよね。今日は天気がいいから、波が荒《あ》れることはないと思うけど」

「そうだな。陶器類《とうきるい》、ガラス類の扱いにはとくに注意してくれ。誰か、厨房《ちゅうぼう》のほうはもう見たか？　どうなってる？」

御園の声に、いましがた厨房をのぞいてきたらしいギャルソンが苦笑いしている。

「いやもう、いつものロゼより狭《せま》いせいもあって、押すな押すなで大変ですよ。僕がちょうどのぞいたときは、石井料理長さんが顔を真っ赤にして怒鳴《どな》ってました」

「たぶんまた、飯塚がよけいなことでも言ったんだろ。放《ほう》っておけ」

あっさりいなして、ホールの飾り付けがだいたい整ったところで、今度はキャビンのチェックだ。こっちは、一時的な休憩所《きゅうけいじょ》として使うため、大掛《おおが》かりな飾り付けはしないが、それでもワイドダブルのベッドがしっかりメーキングされているか、ソファに埃《ほこり》がついていないか、見て回る必要がある。

ベッドの真ん中には、一輪の黒薔薇《ばら》の蕾《つぼみ》をギフト用にラッピングして置くことにした。今夜来てくれる客に、ロゼの象徴《しょうちょう》を持って帰ってもらおうと思い立ち、以前、同じ黒薔薇の花束を持ってきてくれた諏訪に電話し、どこでこの花を扱っているか訊《たず》ねたのだった。

電話の向こうで楽しげに応対してくれた諏訪も、今夜の招待客のひとりだ。誰と来るか細いことは聞いていないが、たぶん、シェフ仲間と来るのだろう。

相変わらず、飯塚と諏訪の仲がどんなものか不明だが、いまはそんなことで頭を悩《なや》ませている場合ではない。そもそも、飯塚を好きなのかもしれないということを認めたくない状態なのだ。自分のことながら厄介《やっかい》だなと文句のひとつも言いたくなるが、初のクルーズ・ディナーを前にして、眉間《みけん》に皺《しわ》を刻んでいるのもまずいだろう。

「……とりあえず、こんな感じか」

ひとつひとつキャビンを見て回っていると、「ああ、克哉じゃないか」と聞き慣れた声がする。振り返れば、ブラックスーツやドレスで盛装した家族だ。

ついさっき、乗船してきたのだろう。もともと置かれているグランドピアノ以外の楽器は自前の持ち込みなので、それぞれが黒いケースを提《さ》げている。

「ずいぶん忙《いそが》しそうだな。出航まではまだ時間があるんだろう？」

「まあね。でも、いつもとは違《ちが》う場所での仕事だから、なかなか気が抜《ぬ》けなくて。父さんたちは？　ホールでお茶でも出そうか」

「いやいや、俺たちもこれから予行演習。船内は湿度《しつど》が少し高めだから、音の出方が気になるんだよ」

クラリネット奏者の兄とフルート奏者の姉、それからヴァイオリニストの父ともうひとりの兄、それにピアニストの母がにこにこしながら、「海の上での演奏なんて初めてよ」と言う。

「これまでいろんなところで演奏してきたけど、家族全員で演奏する機会もなかなかないし。それに、演奏終了《しゅうりょう》後は石井さん特製のお料理が食べられるんでしょう？　今夜はクラシックもやるし、ジャズもやるし、お客様からリクエストも受け付けちゃう。気合いを入れて楽しい演奏にするから、任せてよ」

姉の剛毅《ごうき》な言葉にみんなが笑ってしまった。いい感じに緊張《きんちょう》感がほぐれたところで彼らをホールに案内していく途中《とちゅう》で、厨房から出てきた飯塚とばったり出くわした。

真っ白なエプロンを巻き付けたお馴染《なじ》みの格好に胸がどきりとなるが、営業用の顔をつくるのには慣れている。そんな胸の裡《うち》を知ってか知らずか、飯塚は御園の家族を見るなり、「御園さんのご家族ですよね」と頭を下げてきた。

「今夜、石井料理長と一緒《いっしょ》に厨房に入ります、飯塚四郎と申します。実家もちいさいフレンチレストランをやってます。俺がまだ四歳ぐらいの頃《ころ》に、御園さんご一家に演奏を依頼《いらい》したことがあるんですよ。覚えてらっしゃいますか？　あのときは、ありがとうございました」

「ああ、覚えてます、覚えてます。おいしいクッキーを食べさせてくれた子だよね。へえ、あのちいさい子がこんなに大きくなって……。ロゼで克哉と一緒になるなんて、おもしろい偶然《ぐうぜん》だね」

「ええ、ほんとうに」

感心している父に、悪戯《いたずら》っぽく笑う飯塚を御園はちらりと横目で見て、「そうなんだよ」と澄《す》ました顔で言った。

「飯塚さんはこう見えても、少し前までフランスの三つ星レストランにいたんだ。で、ロゼの再建を聞きつけてやってきてくれたというわけです」

「そうなの。ますます、どんなお料理が出るのか楽しみね」

「ああもう、お腹空《なかす》いちゃうから、いまはとりあえずごはんの話はナシにしましょ」

おっとりと笑う母に姉が切り返し、「そろそろ行きましょうか」と言ったことで、ちいさな楽団はにぎやかに喋《しゃべ》りながらホールへと向かう。

そのあとを歩く飯塚が可笑《おか》しそうにしていたので、「なんだよ、なにが可笑しいんだよ」と肩《かた》を小突《こづ》くと、「いや、いいご家族だなと思って」と呟く。

「昔とまったく変わってないよな。世界中を飛び回ってる音楽家なのに、気さくで、おもしろくて」

「姉と俺の食い意地が張ってるのは、血筋だ。兄も父も黙《だま》ってるけど、食べることにはかなりうるさいんだよ」

御園が言うと、飯塚はくくっと声を押し殺す。

「それなら、石井料理長も腕《うで》のふるい甲斐《がい》があるってもんだよ」

「厨房のほうはもう大丈夫《だいじょうぶ》なのか？　準備万端《ばんたん》か？」

「もちろん。ぎりぎりまでメニュー内容を粘《ねば》った甲斐があってさ、いい材料もそろった。アレで二万円って、ホントたまげるよ。ずっと続けろって言われたら、さすがに赤字になるだろうけど、いいすべり出しになるんじゃないかな」

「そうだな。とにかく、無事に終わるよう頑張《がんば》ろう」

「ん。あ、そうそう、このディナーが終わったら、アンタとちょっと話したいことがあるんだ。キャビンの端《はし》のほうのいくつか、ロゼの従業員用に押さえてあるだろ？　ディナーが終わったら、いちばん奥の部屋で待っててくれよ」

「……わかった。なんの話だ？」

「大事な話」

「なんだよ、いま言えよ」

楽しげな顔が気になって訊ねたが、「あと、あと」とかわされてしまった。

「ほら、もうそろそろ三時だ。三時半には客の乗船が始まるんだから、お互《たが》いに定位置につかないと」

「もうそんな時間か」

腕時計を確かめ、御園は顔を引き締《し》めてぴしりとしたブラックスーツの襟《えり》を正しながら早足で歩き出す。

清潔さの象徴でもある真っ白なエプロンを身にまとった飯塚とは対照的に、細身の身体《からだ》を引き立てるブラックスーツは、今夜のために特別に誂《あつら》えたものだ。

「アンタ、ホントに似合うよなぁ、そういう格好。客に惚《ほ》れられるなよ」

「バカ言うな。仕事だろ」

動揺《どうよう》を悟《さと》られまいと必要以上に冷たくあしらってやると、いつもの夜、いつもの自分が戻《もど》ってくるようだった。

そこに今夜は、ひと匙《さじ》の昂揚《こうよう》した気分が加わる。

初めてのクルーズ・ディナーが、いよいよ始まる。成功するか否《いな》か、そしてロゼの大きな方向転換《てんかん》が確定するかどうかは、これからの数時間にすべてかかっているのだ。

大橋支配人やギャルソンが、乗客を出迎《でむか》える。その一列に御園も加わり、ドレスアップしてきた客に向かって深々と頭を下げた。

「ようこそ、『ロゼ・ノワール』においでくださいました」

「お荷物やコートはこちらでお預かりしましょう」

「それでは、こちらへ。テーブルへご案内いたします。段差がありますので、ご注意ください」

ギャルソンたちが見事な連係《れんけい》プレーで客を誘導《ゆうどう》していく。

ロゼの常連ならば丁重《ていちょう》なもてなしにも慣れているのだが、今日は初めての客もいる。彼らが変に緊張しないよう、御園みずからソフトな物腰《ものごし》で若いカップルをエスコートし、夕暮れが綺《き》麗《れい》に見えるテーブルへと連れていった。

「まずは、軽いお飲みものでもいかがですか。ワイン、シャンパンの他《ほか》にソフトドリンクもご用意しております」

「じゃあ、ちょっと甘めのシャンパンをお願いします。でも、あの、あまり高くないもので」

「お任せください。おいしいシャンパンがございます」

彼らの注文に笑顔《えがお》で応じて、手頃な価格のシャンパンを運び、それぞれのグラスに注《つ》いでやった。

「乾杯《かんぱい》」

カチン、とグラスを触《ふ》れ合わせる彼らは、まだ二十代前半だろうか。

「今日ね、偶然、わたしたちの結婚《けっこん》記念日なんです。まだ一年目なんだけど。でね、憧《あこが》れのロゼのクルーズ・ディナーの抽選《ちゅうせん》に応募《おうぼ》してみようかって、彼がはがきを出してくれたんですよ。絶対に当たらないだろうなって思ってたけど、運よく当たっちゃって。すごく嬉《うれ》しいです」

女性の輝《かがや》くような笑顔に、御園も頷《うなず》いた。こういう話がたまに聞けるから、この仕事は楽しいのだ。

「さようですか。それでは、少しお待ちください」

すでにホールは多くの客で埋《う》め尽《つ》くされ、あちこちから聞こえる楽しそうな笑いに交じり、御園一家のピアノやフルートの調整などもかすかに響《ひび》く。

急ぎ足で厨房《ちゅうぼう》に入った御園は、すぐそばにいた飯塚に、「若いカップルで、今日が結婚記念日という方がいらっしゃいます。なにかできますか」と言うと、「おっ、任せな」と頼《たの》もしい声が返ってきた。

「食事前だから、ちょっとしたものでいいよな。その客の名前は？」

「吉田《よしだ》貴男《たかお》、美奈子《みなこ》ご夫妻です」

テーブルの客の名前は、招待客のリストが決まったときに一発で覚えている。

すぐさま飯塚はプラスチックケースを取り出し、ハート形にくり貫《ぬ》いた小型のパンケーキをオーブンに入れて焦《こ》げ目をつけ、チョコレートクリームで文字を流麗《りゅうれい》に描《か》いて、キウイやバナナ、イチゴなどで飾《かざ》り付けていく。

「よし、できた」

「ありがとうございます」

ものの三分もかからなかった。飯塚の手際《てぎわ》のよさに内心惚れ惚れしながらも、白い皿を持って客のテーブルに戻った。

「ご結婚記念日、おめでとうございます。ささやかなものではありますが、ロゼからのお祝いをお受け取りください」

「わあ、可愛《かわい》い。ね、ね、見て。わたしたちの名前がチョコレートで描いてある」

ピンクの可愛らしいワンピースを着た女性客が嬉しそうに皿を指す。彼らの名前と、祝福の言葉がチョコレートクリームの英語で描かれていることに御園も思わず微笑《ほほえ》んだ。

「嬉しい、ほんとうにありがとうございます。このあとのお料理も楽しみにしてますね」

「はい。ご用がありましたら、遠慮《えんりょ》なくお呼びください」

はしゃぐ声を乗せて、船がゆっくりと動き出した。

それに合わせて、御園一家のやさしいセレナーデが始まり、『ロゼ・ノワール』初のクルーズ・ディナーを飾る。

客の中には、諏訪もいた。先に、デッキからの展望を楽しんでいたらしい。少し遅《おく》れてホールに入ってきた諏訪はシェフ仲間らしい同年代の男とふたり連れで、穏《おだ》やかな容姿を引き立てるチャコールグレイのスーツが決まっている。

「こんばんは、諏訪様。ようこそ、ロゼにおいでくださいました」

「こんばんは。四郎からクルーズ・ディナーをやるって聞かされて、ずっと楽しみにしてたんですよ。この企画《きかく》、御園さんも相当尽力《じんりょく》されたみたいですね。四郎が嬉しそうにあなたのことを何度も話してました。企画がどんなに素晴《すば》らしくても、ひとりでできることじゃありませんからね。御園さんのように実行力のある方が羨《うらや》ましいかぎりです」

諏訪の意味深な言葉をどう受け取っていいのかわからないが、ここは謙虚《けんきょ》に、「ありがとうございます」と頭を下げておくのが無難だろう。

――やっぱり、諏訪さんは飯塚に好意を持ってるんだろうか。なんらかの関係があるんだろうか。

「諏訪様のテーブルは、こちらにご用意してございます。どうぞ」

諏訪たちをテーブルへと案内していくあいだにも、優雅《ゆうが》な音楽はクラシック、ジャズ、そして客からのリクエストと多彩《たさい》に奏され、だんだんとホールの盛り上がりもピークに達していく。

御園たち、ロゼのメンバーにとっても、ここからが本番だ。

船は東京の夕暮れ、そして夜景の中をゆっくり進み、沖合《おきあい》に出たところで停泊《ていはく》する。

ふたつめのビューポイントであるお台場付近に停《と》まったところで、御園たちはフルスピードで動き出した。

いつものように、客が時間差でばらばらに来て席に着くのではなく、皆《みな》がいっせいに食べ出すために、厨房も全力疾走《しっそう》のはずだ。

「三番、四番の前菜ＯＫです」

「十二番からワインのご注文をいただきました」

「十七番、前菜を食べ終えてから十分ほど経《た》ちますので、メインをお出しします」

「了解《りょうかい》。あと、七番のテーブル、キャンドルが残り少なそうだから取り替《か》えてくれ。風がない日で助かったな。船が揺《ゆ》れなくてすむ」

御園の言葉に、隣《となり》に立つギャルソンの水野も、「ですね」と真面目《まじめ》な顔で頷く。

「僕、じつは船に乗るのって初めてなんですよ。だから一応、酔《よ》い止めを飲みました」

「大丈夫《だいじょうぶ》か？　気分が悪くなったら、キャビンで休んでおけ」

「いえ、結構、思ってたより大丈夫です。ていうか、この企画、やってよかったですね。いつものロゼの風景も好きですけど、夜景を見ながらっていうのも新鮮《しんせん》ですよ。第二弾《だん》とか、第三弾とかあったらいいな」

「そうだな。お客様のご要望もあるし、今日がうまくいけば、次もあるかもな。……それはともかく、まずは今夜、このホールを無事に終えることが先決だ」

「はい」

船から見える夜景は、とても綺麗だ。春の夜でも気温が低いせいか、空気が澄《す》んでいる。寒いのを承知で、あとでデッキに出たいという客が何人もいた。

「八番、メイン終わります。デザートまでは十五分ほど……見ましょうか」

「厨房のほうはどうなってる？　……ちょっと様子を見てくる」

御園自身が気になって厨房をのぞいてみると、優美なホールの雰囲気《ふんいき》とはまったく違《ちが》い、誰《だれ》もが真剣《しんけん》な顔で忙《いそが》しげに働いていた。

しかし、彼らのあいだに流れる空気は、最初の頃《ころ》とは確実に違う。ぴんと糸が張ったような緊張感《きんちょうかん》は心地《ここち》よく、ギャルソンたちが次々に下げてくる皿のどれもが空っぽだ。

奥で、見事な手さばきで玉ねぎをスライスしていた飯塚がふっと顔をあげて笑いかけてきた。楽しげな目を見るだけで、胸が妙《みょう》に疼《うず》いてしまう。

「ホールのほう、うまくいってるか？」

「……ああ、いまのところは順調だ」

「嬉しいよな。この皿を見ただけで、客が俺たちの料理を楽しんでくれてることがわかるよ」

「皆さん、お腹《なか》を空《す》かせて来てくださったんでしょう。デザートまで、一気にいきましょう」

石井のやる気ある言葉に、他のシェフも嬉しそうに頷く。

飯塚の起こした変化が、ロゼの全員に伝わっていることを肌身《はだみ》で感じた瞬間《しゅんかん》だ。

それは御園自身も同じだった。

料理と向き合う飯塚の横顔に、なぜ、この男を好きになったのか、ようやく納得《なっとく》できた。

――どんなことにも強引《ごういん》で、自分のやり方を押しとおすけど、こいつはいつも真剣だ。その熱意に、俺も揺れたんだ。飯塚を好きになったんだ。

「ラストまで頑張《がんば》ってください」

シェフたちを励《はげ》ましながらも、自分の中にある深い想《おも》いに気づいてしまったことにそわそわし、ホールへと戻《もど》った。

いい具合にざわめいているホールは、どの席も温かい色合いのキャンドルがともり、今夜のためにドレスアップしてきた客たちの顔をやさしく照らしている。

奥のテーブルでは、諏訪と連れの男も楽しげな顔でなにやら話し込んでいる。御園の視線に気づいて諏訪が軽く手を上げたので、こちらも控《ひか》え目に会釈《えしゃく》した。

御園の家族が奏《かな》でる音楽は絶え間なく、たった一時でも、豪華《ごうか》な船上ディナーを盛り上げるのに一役買っていた。

そろそろ、どのテーブルもデザートを食べ終え、食後の飲みものを出す頃合《ころあ》いだ。厨房のほうも、ようやくひと息つく頃だろう。

このポイントで、あと一時間ばかり船は停泊している。

そのあいだ、小休止を取りつつも音楽を奏で続ける家族のために、御園みずからコーヒーを淹《い》れて、チョコレートと一緒《いっしょ》に出してやった。

「もう少しだけ頑張って」

「そっちもね。いい感じじゃない、今日のディナー。絶対、大成功よ。今度はわたしたちをお客として呼んでね」

姉がいつもの調子で言い、隣でふたりの兄も笑っている。

家族を励ましたあとは、デッキにも上がってみた。コートを着た客が煌《きら》めく夜景をバックに写真を撮《と》り合ったり、楽しげに話し合ったりしている。

その光景が、なんとも言えず嬉《うれ》しく感じられた。

目に映るひとびとすべてが笑顔《えがお》だということが、意外なほどの幸福感を御園にもたらしてくれた。

麻布のロゼでも多くの笑顔を毎日見ているが、今日のこれは、誰にとっても、とっておきの夜だ。あるひとにとっては結婚《けっこん》記念日を祝うものだったり、あるひとにとっては初めて海の上での食事を楽しむものだったり。

理由はなんでもいい。ただ、自分の好きなひとと一緒にいて、おいしい食事を楽しみ、他愛《たわい》ないことで笑い合うというありふれたしあわせな構図が、御園にも温かい気持ちを分け与《あた》えてくれるようだった。

老舗《しにせ》としてプライドだけが先走りしていたように見えていただろう名店のロゼが、誰にとっても平等に、おいしい店になる。

それだけのことが、とても嬉しくて、微笑んでしまう。

この先も、石井を筆頭に頑固《がんこ》なシェフたちが確かな味を引き継《つ》いでいき、ときには飯塚が今夜のようにサプライズを起こしてくれるのだろう。

安定しているようで、していない。つねに刺激《しげき》のある店というのは、この業界にいる者なら誰もが憧《あこが》れるものだ。

ロゼは今夜、そういう店に一歩近づいたのかもしれなかった。

「成功、……したかな」

お台場の大観覧車のイルミネーションがきらきらまぶしくて、冷たい風が紅潮した頬《ほお》に心地いい。この船も、きっと、お台場のビルのほうから見たら、美しい彩《いろど》りのひとつだ。

まったく知らない誰かを、ロゼという店はまだまだ楽しませることができる。その方法は、探せばもっとたくさんあるはずだ。自分の中にも、飯塚や、石井たちの中にも、いま、視界一《いっ》杯《ぱい》に映る光のように、可能性は数えきれないほどあるはずだ。

満たされた気分でホールに戻り、くつろいでいる客たちのテーブルをひとつずつ確かめたあと、ギャルソンの水野に、「ちょっと小一時間、はずしてもいいか」と頼《たの》んだ。

「厨房《ちゅうぼう》のほうと話し合いがあるんだ。そのあいだ、ホールを任せてもいいか？」

「了解です。御園さんも今日はずっと働きっぱなしでしょう。少しは休んでくださいよ」

「まだまだ。帰港して、お客様を無事に帰したあとでな」

「わかりました」

苦笑《くしょう》している水野を背に、御園は従業員用に割り当てられたキャビンのひとつに向かった。

まだ、飯塚は来ていないだろうと思ったが、念のため最奥《さいおう》の部屋の扉《とびら》をノックすると、即座《そくざ》に開き、エプロンをはずした男にいきなり引っ張り込まれた。

「よう、お疲《つか》れ」

言いながら、飯塚は後ろ手に扉を閉め、ご丁寧《ていねい》に鍵《かぎ》までかけている。

「……普通《ふつう》に入ってもいいだろ！」

「いいじゃん、このほうが。なんか密会してるみたいでさ」

「なにが密会だ、バカ」

いい料理をつくっても、やっぱりバカはバカだ。思わずため息をついてしまった。

一仕事終えて、飯塚は先に休んでいたようだ。簡単に丸めたエプロンがベッドの隅《すみ》に置かれていて、ミネラルウォーターのボトルが二本、あった。

コンパクトなつくりの部屋だが、円い窓からは夜景が見えるし、ベッドにソファもある。

ふたりきりになって、なにを話すのかと考えただけで緊張《きんちょう》してしまう自分が変なのだろうか。だが、ベッドのある場所で、飯塚がおとなしくしていたためしがないのだ。

「厨房のほうはもういいのか」

「うん。石井料理長が任せろって。今回、メインは俺がほとんど担当したんだよ。だもんで、あのひとなりに気遣《きづか》ってくれてさ。少し休んでもいいってお許しが出た」

「そうか」

石井がそこまで気を遣うというのも、めったに聞かない話だ。それに、メインを任せたというあたりも、石井なりに飯塚を信頼《しんらい》した証だろう。

「なんとか無事に終われそうだよな。ちょっと気が早いけど、お疲れ。それと、いろいろ協力してくれてありがとな」

「いや……、うん、俺も楽しかったよ」

飯塚の言葉に頷《うなず》いて互《たが》いに少しだけ距離《きょり》を空けてベッドサイドに座り、彼が手渡《てわた》してきたミネラルウォーターで乾杯《かんぱい》した。

「ホントならワインかシャンパンだろうけど、一応まだ仕事中だしな」

「そうだな」

笑いながら、冷たい水を飲んだ。渇《かわ》いた喉《のど》に、透《す》きとおった水がおいしい。

ほっとひと息つき、この企画《きかく》を起こしてくれたことについてあらためて礼を言おうとしたときだった。

先に、飯塚のほうが手を摑《つか》んできて、「ほんとうに、ありがとう」としごく真っ当な声で言うので、当惑《とうわく》してしまった。

「いや、……礼を言うのは、俺のほうだ。こんなおもしろい企画を起こしてくれて……ロゼもこれから、もっといいほうに変わっていけると思う」

「そうか。アンタがそう言ってくれるなら、俺も安心してフランスに戻れるよ」

「え？」

温かい手に摑まれたまま、目を丸くした。

「……フランス？　戻る、って……どういうことだ。そんな話、一度も聞いてないぞ」

フランスに戻るなんて、聞いていない。だいたい、どういういきさつになっているのか。

「いままで黙《だま》ってたことにこれっていう理由はとくにないけど、まあ、なんていうか、結構ずっと忙《いそが》しかったからさ。言うタイミングを逃《のが》したんだよ。——俺はもともと、ロゼを活性化させるために、一定期間の雇《やと》われシェフとして大橋支配人から依頼《いらい》を受けていたんだ。ロゼが昔からいい味を生み出す名店だってことは、誰《だれ》でも知ってる。でも、この不況《ふきょう》だろう。値段はどんどん高くなっていく一方で、だけど、イメージだけがなかなか崩《くず》せないロゼをとにかく新しい方向へ進ませることが、俺の役目だったんだ。改革にあてる期間は、三か月間」

「……今月いっぱいで、ちょうど三か月じゃないか」

声が掠《かす》れた。飯塚がすぐ近くで笑っているのが冗談《じょうだん》みたいだ。

「そう。で、アンタがさっき言ったとおり、ロゼはいま、やっと新しい感覚を摑んだ。石井料理長も他《ほか》のシェフもギャルソンも、やる気になってるよ。大丈夫《だいじょうぶ》だ、ロゼならこれから先もっと……」

「なに言ってるんだよ……、俺はどうなるんだ!?」

「どうなるって?」

笑ったまま首を傾《かし》げる男が、これほど憎《にく》たらしく、これほど魅力《みりょく》的に見えたことはない。

いつもなら、なにか事を起こすのは飯塚のほうなのに、寝耳《ねみみ》に水の話を聞いてしまった以上、取り乱してしまう。

「なんでそんなことを急に言うんだ。フランスに戻るなんて冗談だろ?」

「いや、説明が遅くなったのは悪かったよ。だからって、アンタの色気からも目が離《はな》せないし、かといって俺もそう長いことあっちを留守にできないし」

「あっち？　あっちって諏訪さんのことか？」

「は？　なに言ってんだよ」

御園の混乱に飯塚も巻き込まれたようで、不審《ふしん》な顔をしている。

「……諏訪さんとおまえ、関係があるんじゃないのか」

「ねえよ、あってたまるか」

即答されても、疑いがすぐに晴れるわけではない。

「だって、親しそうだったじゃないか。あっちはおまえのこと、名前で呼んでたし」

「そりゃ何年も同じレストランで修業《しゅぎょう》してりゃ名前ぐらい呼ぶヤツも出てくるって。フランスじゃ、俺の『飯塚』って名字よりは『四郎』って名前のほうが呼びやすかったんだよ。そういうわけで、あっちで知り合ったヤツは、日本人もフランス人も以外の国のひとも、俺のことを名前呼びするほうがほとんど。俺が、さっき、『あっち』って言ったのは、もともと勤めてたフランスのレストランのことだよ。契約《けいやく》期間がまだ残ってるから戻《もど》る必要があるんだよ」

ひと息に言って、「なんでまた俺と諏訪が関係を持たなきゃいけねえんだよ」と飯塚は不服そうな顔をしていたが、少ししてから、ちらりと視線を向けてきた。

「もしかして、俺と諏訪が親しいことに妬《や》いてた？」

「そんなわけないだろ！」

「耳たぶを真っ赤にさせてまで堂々と嘘《うそ》つくな」

強い力で耳たぶを引っ張られた勢いで、飯塚のほうに倒《たお》れ込んでしまう。そのままもつれ、抱《だ》き合う格好になってしまってもがいたが、やわらかなベッドランプで照らされた飯塚の視線を真っ向から受け止める形になって、抗《あらが》う力も抜《ぬ》けてしまう。

「そっかー。いままでずっと俺と諏訪のことを疑ってたのか……。バカだな、アンタも。あいつがアンタをずっと狙《ねら》ってたの、気づかなかったか？」

「諏訪さんが？　俺を？　なんで」

「そりゃなんたって、ロゼいちばんの美形だし……って、そうマジ顔で怒《おこ》るなって。上っ面《つら》のことだけ言ってんじゃなくて、アンタがほんとうに綺麗《きれい》で人目を惹《ひ》くってことを言いたいだけなんだよ」

「そう、言われても……」

途中《とちゆう》で怒り出して飯塚の胸を叩《たた》いたが、たやすく押さえ込まれてしまった。

同性に「綺麗だ」と言われても、どうしていいか困るというのが本音だ。

幼い頃《ころ》から「可愛《かわい》い」だの「綺麗な子」だのと散々褒《ほ》めそやされてきたが、二十八歳にもなって、顔で勝負しようとはまったく思っていない。

「諏訪は俺とわりと近いタイプでさ。アンタみたいにとびきり美形でつんつん澄《す》ましてるヤツを苛《いじ》めるのが大好きなんだよ。前に、薔薇《ばら》を贈《おく》られたことがあっただろ。あのあたりからヤバイなとは思ってたんだ。穏《おだ》やかそうに見えるけど、ああ見えて俺なんかよりずっと遊んでる男だぜ。今日一緒《いっしょ》に来たヤツだって、あいつの恋人《こいびと》のひとりだし」

「ひとり、って……そんなに何人も恋人がいるのか」

強引《ごういん》で暴君な飯塚と比べたら、諏訪はもっと大人で落ち着いて見えたが、いまの言葉を信じるとなると、彼には複数の恋人がいるうえに、自分まで狙われていたらしいと知って、素直《すなお》に驚《おどろ》いてしまった。

「諏訪の笑顔《えがお》に騙《だま》されるヤツって多いんだよなぁ。うっかりしてたら、アンタまでその餌食《えじき》になってたとこだよ。あいつ、ロゼで働きたいとかって言ってたこともあるだろ。アレは俺に向けた言葉じゃなくて、アンタ目当ての言葉だよ」

「俺は違《ちが》う。俺は……」

「俺は、なに？」

ベッドシーツがよじれるほどに身体《からだ》を重ねてくる男に甘く囁《ささや》かれて、息が苦しい。声が掠れてしまう。頬《ほお》も耳たぶも、火傷《やけど》したみたいに熱い。

「さっき、俺がフランスに戻るって言ったら、『俺はどうなるんだ』って血相変えてたよな。アレの意味、教えろよ。なんでアンタがむきになって俺を引き留めてくれるわけ？　ひょっとして、アンタも俺のこと」

「いいか。一回しか言わないから、おとなしく聞け」

言いかけた飯塚の口を手のひらでふさぎ、御園はぐっと鳩尾《みぞおち》に力を込めた。

「おまえが好きなんだ。俺にあれだけのことをしておいて……なんでおまえなんかを好きになったんだかって、自分でも頭にきてるんだ。二十四年前から追っかけてただのなんだのって言っておきながら、いまさら、おまえはフランスに戻るなんて勝手なことを言うんだな。だったら、もう二度とその顔を俺の前に見せるな。おまえにとっちゃ、ああいうことに慣れているのかもしれないけど、俺はそうじゃない」

「……みー」

御園、と言いそうになった男の口をもう一度強くふさぐと、「ふが」とくぐもった声が響《ひび》く。言い出したら止まらない。どうしてこんな気持ちになったのか、飯塚を想《おも》うことに、どうけりをつければいいのか、自分だってわからないから、勢いに任せるしかないのだ。

「フランスに戻りたいなら、勝手に戻れ。諏訪さんみたいに、また新しい相手を向こうで見つけろ。俺は絶対に待たないからな」

こころにもないことを言っているのは十分自覚しているが、いまさらみっともなく追いすがれるものか。

「うー……」

機嫌《きげん》の悪そうな目を見て、ようやく手を離《はな》すと、逆に強く抱きすくめられて顎《あご》を押し上げられた。

「もっかい。もっかい、さっきの、言え」

「嫌《いや》だ。言わない。おまえの帰りも待たない。早くフランスに帰れ」

「言えよ」

嫌だ、と再びきつくなじろうとしたが、髪《かみ》をくしゃくしゃと撫《な》でてくる男の大きな手に、以前、深いところまで抱き合った熱を思い出し、声が詰《つ》まってしまう。

「言えったら。好きだってもう一回言ってくれよ、頼《たの》むから。俺はホントにアンタだけなんだよ。二十四年前から克哉だけを想って、ここまでやってきたんだよ。信じろよ。諏訪はただの知り合い。俺がずっと好きなのは、アンタなんだよ。……前にさ、俺が酔《よ》っぱらって帰った夜、キスしてくれただろ。俺のこと、嫌《きら》いじゃないんだろ？」

やさしく、甘さを忍《しの》ばせた低い声が鼓膜《こまく》に滲《し》み込んでいく。

ひそかなキスもばれていたのかと知ったら、やっぱり耳たぶが熱くなり、意地になってでも顔をそむけようとした。

ほんとうにフランスに戻ってしまうのかと考えたら寂《さび》しい気持ちになるのは事実だが、もう二度と会えなくなるわけではない。

休暇《きゅうか》を利用して、年に数回、会おうと思えば会える。電話だって、メールだってできる。みっともなくすがることだけはしたくない。別れるときが来たら、「元気でな」と精一杯《せいいっぱい》の笑顔で、背中を押してやりたい。

——そうすることで、こいつはまた、才能を伸《の》ばしていく。俺もそうする必要があるんだ。

でも、たったいまは、身体を覆《おお》い尽《つ》くす熱に溺《おぼ》れてしまいたくなる。

「好きって言え」

「……絶対に言わない」

「言えってば」

「言わない」

否定すればするほど、飯塚がきつく身体を押しつけてくる。そうとわかったら、いますぐ逃《に》げたくなるような、このままでいたいような、自分でもどっちつかずの気分に襲《おそ》われる。

船内ではいまだティータイムが続いていて、石井料理長が御園の家族のために腕《うで》をふるってくれていることだろう。

客もそれぞれ、東京の夜景を楽しんでいて、彼らにサービスが行き届いているかどうか、ギャルソンたちも注意を払《はら》っているはずだ。

なのに、自分と飯塚はキャビンのひとつに閉じ籠《こ》もって、「言えよ」「言わない、絶対に言わない」と子どもっぽい言い争いを繰《く》り返している。

ふいに、飯塚が笑いながら頰をこつんとぶつけてきた。

「アンタのそういうトコ、俺、大好きなんだよ。はっきり言うときゃ言うのに、こっちからいくら頼んでもダメなときはダメなんだよな。昔からそうだよな。俺の初クッキーをまずいってきっぱり言ったアンタが好きで好きでたまらないよ。なんなんだよ、アンタは。究極の意地っ張りか。でもって、俺は永遠のいじめっ子か」

「二十八にもなって意地なんか張ってない」

「そうか？　意地がなきゃ、名店のロゼの顔を務めることもできねえだろ」

言ったぶんだけ、相手も言い返してくる。そのスピード感や言葉の選び方に、最初の頃はとまどって怒るばかりだったが、いまはたまらなくおもしろく、きわどく感じられる。

「……おまえをどう想ってるかなんて、絶対に言わない」

「じゃ、身体に直接聞いてやる」

「おまえの言語センスはどうなってるんだ？」

シャツの背中を叩くと、飯塚が笑ったままのくちびるを重ねてくる。

「……っん……」

最初から乱暴に嚙《か》みつくようなキスがいい。

くちびるをきわどく舐《な》められ、押しつけられて嚙まれ、舌をきつく搦《から》め捕《と》られて、意識がぼうっと霞《かす》んでいく。

「だめ、だって……仕事中、だろ……こんなことしてる場合じゃ……」

「うるさい、黙《だま》れ。この前、アンタを抱《だ》いたあと、俺が自分で何回抜《ぬ》いたと思う？　もう、過去最高記録。仕事してるあいだも、アンタの色っぽいよがり顔がちらついてたまんなかった。……今日は徹底的《てってい》に犯《おか》すからな、覚悟《かくご》しとけ」

「……あ……あぁ……っ」

逞しい身体全体を擦りつけてくる飯塚独特のやり方に、声を殺そうとしてもむりだ。でもきっと、キャビンのぶ厚い扉《とびら》が、掠《かす》れた声を閉《と》ざしてくれるはずだ。

舌を淫猥《いんわい》に搦め合い、甘く感じられる唾液《だえき》を交《か》わしてこくりと飲むあいだ、飯塚の手が忙《せわ》しなくスーツを剝《は》いでいく。

「克哉のココ、スゲエ感度いいだろ」

「……っ……！」

シャツをぴんと指で伸ばして、硬《かた》く尖《とが》った乳首《ちくび》をこりこりとねじる男を睨《にら》んだが、指の先まで疼《うず》くような快感に襲われている状態では、まともな抵抗《ていこう》もできない。

「シャツの上から舐めていいか？」

「……だめ、だ……まだ、仕事が、残ってる、んだから……」

「じゃ、このまま指で弄《いじ》るだけでいいのかよ」

意地悪い親指と人差し指が乳首をつまんで、いやらしい形をくっきりと浮《う》き上がらせる。

「あ、——ん……っ」

シャツに擦れてじんじんと痺《しび》れるような刺激《しげき》に、腰《こし》が揺《ゆ》れる。それを押さえ込んでくる飯塚が、濡《ぬ》れた舌を大きくのぞかせ、再び言った。

「舐めまくっていいだろ？　ほら、いいって言えよ。ぐちょぐちょにしてやるって最初から言ってんだろ」

「おまえ……っ」

「やらしいことを言えば言うほど、アンタ、感じるんだよな。……エロい言葉責め、結構好きだったりする？　俺とのセックスにハマッてくれた？」

「……バカばっかり言うな、……っぁ……！」

きゅうっと根元から強くつままれて、悲鳴混じりの声になってしまった。

そんなところで感じるようになってしまったのも、もとはと言えば、飯塚のせいだ。セックスに対して一般《いっぱん》的な知識しか持っていなかったのに、飯塚に根こそぎ変えられた。

いまも、上質なシャツを肌《はだ》に擦り込ませるように、しゅっ、しゅっ、と衣擦《きぬず》れの音を立てながら大きな手が這《は》いずり回り、御園の身体《からだ》を芯《しん》から熱くさせていく。

懸命《けんめい》に我慢《がまん》したが、疼きを抑《おさ》えきれない。もっと強くて、もっと深い快感が欲しい。

「……めて、いい、から……」

「ん？」

シャツを透《す》かして、つきん、と勃《た》ちきった乳首を人差し指で弾《はじ》く男に、息も絶え絶えに頼み込んだ。

「……舐めて、いいって、言ってんだろ……」

「おっしゃるとおりに」

にやっと笑った飯塚が、シャツの上からわざと舌を見せてねっとりと舐め回してくる。一枚の薄《うす》い布を隔《へだ》て、熱くしっとりと湿《しめ》っていく感触《かんしょく》がもどかしい。

「……もっと……飯塚、……っ」

無意識のうちに胸を突《つ》き出すと、やにわに真剣《しんけん》な顔をする飯塚がシャツを剝いできて、ねっとりと肌に直接、舌を這わせてきた。

「あ——あっ……」

「そういう顔、俺以外に見せんなよ。乳首をちょっと弄られただけで感じまくってるアンタの顔は、俺だけが知ってればいいんだ」

「言うなよ……！」

必死に頭《かぶり》を振《ふ》ったが、男の舌で舐めしゃぶられる愉悦《ゆえつ》を知っている胸がずきずきと痛むほどで、次の快感、もっと高い熱、深い場所を欲しがっている。

「……あ、う……いやだ、そこ……」

ちろちろと胸から臍《へそ》へと下りていく舌に翻弄《ほんろう》され、スラックスを脱《ぬ》がされるときも、自然とみずから腰を浮かせた。

言葉ではどんなに否定しても、身体は飯塚を貪欲《どんよく》に求めていることを、御園自身がよくわかっている。

今日もまた、全身を舐め回されて、弄られた挙げ句に、太く硬い熱をもたらされるのだろうか。以前、抱き合ったときの感触を思い出しただけで、背中がぞくぞくするほどの興奮がこみ上げてくる。

飯塚が身体を起こし、シャツのボタンをひとつずつはずしていく。

それをぼうっと見つめていると、「……なあ、アンタも」と手を摑《つか》まれた。

「俺のモノも、しゃぶれよ。克哉の口に、俺のを挿《い》れたり出したりしたい。アンタのフェラ顔、見せろよ」

「……ぅ……」

二十八歳の男の言葉とは到底《とうてい》思えない。

神経が焼き切れそうな言葉の数々に抗《あらが》えなくて、御園は、自分の顔の前に突き出された男の腰をおずおずと摑んだ。

手のひらが汗《あせ》ばんでいく。

ジリッと金属の嚙む音に続いて、震《ふる》える指でスラックスと一緒《いっしょ》に下着を引き下ろすと、ぬぅっと湯気の立ちそうなほどに、太く、先走りの垂れた男根が現れ、思わず息を吞《の》んでしまう。

──こんな大きなものを舐めろだなんて、むりだ。絶対に、むりだ。

実際に口に出して反論しかけたが、その隙《すき》を狙《ねら》ってじゅぽっと口一杯《いっぱい》に亀頭《きとう》が押し込まれ、噎《む》せ返りそうだ。

初めてのことだけに、うっかりすると歯をたててしまいそうだ。

舌を丸めたり、尖らせたりしてつたないながらも男のものを愛撫《あいぶ》し、以前、飯塚がしてくれたのと同じことをしてみようと懸命になった。

「……んっ、んっ、ふ……っ……」

「ヤバイって、その顔……犯罪的だろ、なんでそんな色っぽい顔すんだよ……」

ぐっ、ぐっ、と腰を遣《つか》ってくる男のそれが口蓋《こうがい》を淫《みだ》らに擦り、蕩《とろ》けたしずくを舌の上に残していく。

一度では含《ふく》みきれない飯塚のものをぐちゅぐちゅとしゃぶらされているうちに、彼の感じる場所がどこなのか、少しずつわかってきた。

くびれと亀頭の差が極端《きよくたん》な飯塚のペニスに浮き立つ筋を舌先で辿《たど》ると、ひくっ、と口の中でしなる感覚がする。

様子を窺《うかが》ってみると、息を荒《あら》くさせる飯塚と視線が交わった。

そのきわどさに一瞬《いっしゅん》怖《お》じけそうになったが、頭ごと鷲摑《わしづか》みにされて逃《に》げられない。先端《せんたん》の割れ目に舌先を埋《う》め込んでくすぐるようにすると、もっと濃《こ》い味が喉の奥へと落ちていく。

「ん、……スゲエ、いい。初めてにしちゃ上手なのは、俺が好きだから？　それとも、ナイショで他《ほか》の男との経験があったとか？」

「……あるわけないだろ、……こんなこと、するのは、おまえしかいない……、あ……」

ぬるっと口の中を抜け出ていくペニスに、声が途切《とぎ》れてしまう。

口の中一杯を犯していた質感や熱をもう一度味わいたくて手を伸《の》ばすと、「じゃ、俺の顔に腰向けて」と言われて、簡単に身体をまたがらされた。

勃ちきった飯塚のものを舐《な》めようとすると、彼のほうも下からぬるぬるとしゃぶってきて、理性もなにもかも甘く濃く煮詰《につ》めた蜜《みつ》のようにとろとろと崩《くず》れていきそうだ。

「ほら、俺と同じようにしてみろ。お互《たが》いにしゃぶるんだよ」

「……んぅ……っ」

ここまであからさまなことを言われたら、もう夢中になるしかない。飯塚の言葉どおり、互いの身体を舐め回し、薄い皮膚《ひふ》の下にまで熱が浸透《しんとう》していく気になる。

そのうち、飯塚が腰を摑んできて、このあいだと同じように、狭《せま》い窄《すぼ》まりを指で拡《ひろ》げて、舌まで挿れてきた。

ぬるぬるしたその感触は、御園にとってまだどことなく不安なものだ。

だが、飯塚に執拗《しつよう》に舐められ続けているうちに、窮屈《きゅうくつ》なそこが自然とゆるくほどけていくような感覚に陥《おちい》り、泣きじゃくりそうになってしまった。

「や……、いや、だ……っ飯塚、……っ」

「嫌《いや》じゃねえだろ。アンタのココ、赤くなってるじゃん。ひくひくして、スゲエやらしい眺《なが》め。いますぐ奥までぶっ込んで、突きまくってやりたくなるよなぁ……、でもまだ、ちょっと硬《かた》いかな。俺の、デカいしさ。いきなり挿れたらアンタが壊《こわ》れるだろ」

もうとっくに壊れてると言いたいが、思うように口が動いてくれない。

ただもう、強い火がともりそうな指先を必死に伸ばして飯塚のものを探《さぐ》り、「いい、から」と掠《かす》れた声で呟《つぶや》くだけだ。

「して……いいから……も、ぉ、我慢、できない、……挿れて、いいから……」

「……マジで犯《おか》す」

ひとつ大きく息を吐《は》いた男にいきなり腰を高々と掴み上げられ、「あ」と声をあげる間もなく、ぐうっと一気にねじ込まれた。

全身をがくがくと揺さぶられるほどに奥まで突かれ、声はもう出ず、はっ、はっ、と断続的な息遣いだけになった。

「——あ、……ッぁん……あぁ……っ！」

シーツを引き裂《さ》くように掴んでも、奥へ、奥へと挿ってくる力のほうがずっと強い。

信じられないぐらいに大きく、熱いものが、自分の身体の奥に挿ってくる。ずるっと抜《ぬ》かれるときがいちばんつらい。男を受け入れるのにまだ慣れていないというのもあるが、飯塚だけが持つ硬さや熱を覚え込んだ肉洞が艶《なま》めかしく蠢《うごめ》いて、もう一度、と誘《さそ》ってしまう。

それが飯塚にもわかるのだろう。ずく、ずく、と浅い突きを繰《く》り返し、挿れながら乳首《ちくび》を揉《も》み潰《つぶ》して御園を啜《すす》り泣かせ、よがり狂《くる》わせて、「もっと、もっと、していいから」とせっぱ詰《つ》まった泣き声をあげる頃《ころ》になって、ようやく正面から、最奥《さいおう》まで深々と貫《つらぬ》いてくる。

「あぁ……っ」

窮屈すぎる尻《しり》の奥までずっぷりと飯塚のもので埋められ、苦しいはずなのに、脳髄《のうずい》まで蕩けそうな快感がすべてを塗《ぬ》り替《か》えていく。

誰《だれ》かを抱《だ》いたことはあっても、抱かれたことはなかった。これほど力ずくで、熱っぽく求められてしまうことを一度でも覚えたら、他の誰かと肌《はだ》を重ねたいなんて思いもしない。

「気持ちいいか？」

「ん……、いい……」

バカなことを訊《たず》ねながら突いてくる男に、御園も正直に答えた。

「あたま、おかしくなる……」

「んー、たまにはいいんじゃねえの？　頭、空っぽになるぐらい、やらしいことするのもいいじゃん。アンタ、マジで淫乱《いんらん》の素質あるし」

「……ない、そんなの……っ」

「あるって。でも、まあいいよ。口では『違《ちが》う違う』っていつまでも言ってな。アンタがそうやってジタバタしてるあいだに、俺がもっと気持ちいい身体《からだ》に変えてやるからさ」

耳たぶを噛《か》まれながらゆるく突《つ》かれ、身体がぴたりと密着する。いまにも達してしまいそうな性器が飯塚の肌で擦《こす》られ、濡《ぬ》れていくのがわかると、羞恥《しゅうち》のあまり半狂乱《はんきょうらん》に陥って、なにを口走るか自分でもわからなくなってくる。

「……あ、──ん、……イく……イ、きそう……」

「まだだろ。このあいだから何日空いたと思ってんだ？　次にアンタを抱くときは、骨までしゃぶり尽《つ》くすって決めてたんだからよ。克哉のココが俺の形を覚えて毎晩疼《うず》くぐらい、ハメっぱなしにしてやる。……ホールに聞こえるぐらい、やらしい声出せよ」

「……気、ぃ、くるう……」

「狂えば？」

ぎらりと犬歯をのぞかせて獰猛《どうもう》な笑い方をした飯塚が本気で腰《こし》を遣ってきて、怯《おび》えとも興奮ともつかない感覚が意識を覆《おお》い尽《つ》くしていく。

「あっ、あっ、あぁっ……」

硬くみなぎった肉棒で疼きっぱなしの肉襞《にくひだ》を嫌というほどに擦られ、ふっくらと腫《は》れぼったくなる最奥を淫らな熱で濡らされる。

身体中の骨がばらばらになりそうなほど、揺《ゆ》さぶられた。

「や……っ……ぁ……あぁ……ん……もぉ……やっ……いいづ、か……っ」

「ん、……もう、ちょっと……あー、畜生《ちくしょう》……俺のことを忘れられないように……いっそアンタを孕《はら》ませてやりてえよ」

「あ……ッ……んぁ……っ！」

低い囁《ささや》きが火の粉のように身体中を駆《か》けめぐり、瞬時に燃え上がらせる。

これ以上我慢《がまん》できずに、びゅくっ、と射精してしまう性器を戒《いまし》めるように根元を摑《つか》んでくる飯塚が、きつく、強くねじ込んでくる。そうすることで、さらなる熱が待つ場所へと連れていかれるようだった。

「あ——あぁ……っ——あ……」

「ほら、奥のほうが疼いてひくひくしてんの、自分でもわかるだろ。仕事中なのにさぁ……、よがり狂うぐらい気持ちいいんだろ？　やめてもいいのか？」

「やめ、……な……っ」

「やめるか？」

「や、だ、やめるな……したい、もっと……っ」

「……スゲエ可愛《かわい》い、淫乱」

熱く湿《しめ》っていく身体を抱き締《し》める飯塚が、満足そうに笑う。

一度達してしまえば終わり、というセックスを、飯塚は時間をかけて、より濃いものへと変えていく。御園と四肢《しし》を複雑に搦《から》め、挿《さ》し貫かれた状態がずっと続くとどうなるか、試《ため》しているようだった。

くちびるもふさがれ、舌を甘く吸われて呼吸すらろくにできない状態で、浅く、ゆるく、ずるく、奥まで強く突かれて、疼かされる。

「あ……——んぁ……」

しまいには頭の中が真っ白に蕩《とろ》けていくほどの快感に陶然《とうぜん》となり、飯塚が少し動いただけでも精液が噴《ふ》きこぼれて、御園は泣きじゃくりながら男の背中を強く引っかいた。

そのことに、飯塚が嬉《うれ》しそうに笑ったことにも気づけないほど、彼の圧倒《あっとう》的な力と熱に溺《おぼ》れきっていた。

ついさっき達したばかりでも、飯塚の熱心な愛撫《あいぶ》によってほころんでいく身体は火照《ほて》りが鎮《しず》まらず、ただもうほんとうに声も出なくなるほどの絶頂感が果てしなく続く。

「いいづか……っも……ほんとう、に、だめ……だ、これ以上……は……っ」

「ここからが正念場だろ?」

「んっ……く……ぅ……」

手の先から足の先までとけ合ってしまったように思える飯塚が淫《みだ》らに突いてきて、「言えよ」と笑いながらうながしてくる。

「行くなって言えよ」

「んっ、い、……行く、な」

「そばにいてほしいって言えよ」

「そばに、……いて……くれ」

「俺のこと……」

「……好きだから、頼《たの》むから……、俺のそばにいてくれ」

朦朧《もうろう》としていく意識で最後の言葉を奪《うば》い取った瞬間《しゅんかん》、真顔になった飯塚が激しく突き上げてくる。

「あぁ、あ――……っ！」

「……ッ……！」

どぷっ、と熱い精液が最奥に撃《う》ち込まれたのと同時に、御園も声を嗄《か》らして達した。

きつく抱き合ったまま、どくどくと脈打つものがたっぷりと注ぎ込まれていくたびに、ずっと欠けていたなにかが満たされていくようだった。

――なにが欠けていたんだろう。

まだ息が整わなくて苦しいけれど、飯塚の広い背中を撫《な》でているだけで嬉しかった。

欠けていたのは、誰かひとりの相手を真正面から受け止め、怒《おこ》ったり、悩《なや》んだり、驚《おどろ》いたり、喜んだりする、素直《すなお》なこころだ。

――これまでずっと、大勢の客を見てきたから、たいていの場合はどんな人物か見抜《みぬ》ける自信があった。でも、こいつにはそれが通用しなかったんだ。いつも意表を突くことばかりして、俺を驚かせて、振《ふ》り回す男を好きになるなんて予想外もいいところだ。

ひとり苦笑いしていると、額の汗《あせ》を拭《ぬぐ》う飯塚が、「なんだよ、楽しそうな顔して」と頬《ほお》をつついてくる。

「……なんでもない」

「俺に隠《かく》しごとすんのか、いまさら？　さっき、あれだけ好き好き言ってたのによ」

「うるさい。もう二度と言わない。おまえはとっととフランスに帰れ」

「そんなつれないこと言うなよ。俺がいなくなったら寂《さび》しいくせに」

確かに寂しいだろうけれど、なんとか繋《つな》がっていく方法を探せばきっとあるはずだ。だから、いまは表向き強がって、飯塚を焦《じ》らすほうが楽しい。

「なあ、もっかいだけ言ってくれよ。俺のこと、好きって」

「言わない」

「俺はこの先も克哉だけが好きだけど」

「だから？」

鼻であしらうと、飯塚ががくりと肩《かた》を落とす。

「だからって……アンタなー、たまに本気で冷てえな」

飯塚のおかげで、驚くことは楽しいことなのだとあらためて知った気がする。

変わっていくことも楽しいものなのだと、ロゼの進化と自分の気持ちの在り方を確かめたいまなら、言える。

無意識のうちに、重なる肌《はだ》の温《ぬく》もりに頬を寄せると、飯塚が気を取り直したように腕《うで》を摑んできた。

「……なんだよ」

「もっかい、俺を好きだと言え。言うまで、何度でも犯《おか》す」

「ま、……待てよ、飯塚、ちょっと待てよ、もう時間がないだろ、まずい、もう、いい加減着《き》替《が》えてホールに戻《もど》らないと」

とんでもない言葉に慌《あわ》てて起き上がろうとしたが、ぐいっと押さえ込まれ、まだゆるく熱が残っていた場所を、再び硬《かた》さを取り戻していた飯塚のそれで淫らに突かれた。

「……バカ、もっ、やめろって……!」

「アンタの顔は嫌《いや》だって言ってるけど、身体はそうじゃないよな?」

一度火が点《つ》いたら止まらないのが、飯塚という男だ。

そうとわかったら、潔《いさぎよ》く諦《あきら》めるか、それとも全力で立ち向かうか。けれど、答えを出す前に飯塚が動き出し、引かない熱が身体の奥でよみがえる。

ぎりっと歯軋《はぎし》りして飯塚を睨《にら》んだ。

それから、とぎれとぎれに呟《つぶや》いた。

「……今度は早く終わらせろよ」

「そりゃまあ、アンタの協力しだいだろ。石井料理長にこんなところ見つかったら、『いちゃこらするのもいい加減にしろ』って怒《ど》鳴《な》られるよな」

怒鳴られるだけですむんだったらありがたいぐらいだ。こんなことをしているとばれたら、間《ま》違《ちが》いなくぶっ飛ばされる。

てんで応《こた》えていない男の頭のひとつやふたつ、思いきり引っぱたきたい気分だが、そうするよりも、いまはキスがしたい。

——フランスに戻らないで、ずっと、俺のそばにいればいいのに。

自分らしくもないしおらしいこころの声は、キスで消してしまえばいい。

つかの間の現実を忘れさせてくれるような、やさしいキスを何度も何度も繰《く》り返し。

飯塚が強く絡《から》めてくる指に、御園も微笑《ほほえ》んで応えた。彼の熱をけっして忘れないように。自分のことを忘れさせないように。

ちいさな声で、「……おまえだけが好きだよ」と囁き、おまけに甘いキスをしてやった。


大盛況《だいせいきよう》に終わったロゼのクルーズ・ディナーは、多くの客からの要望もあって、四月の頭には早々に第二弾《だん》が決まった。御園一家の音楽も高く評価され、次回も是非《ぜひ》にと要望が高かったのも個人的に嬉しいニュースだった。

次に開催《かいさい》されるのは、五月のゴールデン・ウィークだ。

このあたりはいつも、ロゼも暦《こよみ》どおりの休みを取るのだが、今年はいささか事情が違う。なんとなれば、頑固《がんこ》肌《はだ》の石井料理長が、「お客様のご要望ですから、やりましょう」と言い出してきたのだ。

厨房《ちゅうぼう》のトップ、ひいてはロゼの味を確立させている人物にそう言われてしまえば、大橋支配人も、副支配人の御園も頷《うなず》かないわけにはいかなかった。

「あーあ、今年は休みが減りますね」とギャルソンやシェフたちも笑っていたが、誰《だれ》もが、新しい場所、新しいやり方で訪《おとず》れてくれる客を出迎《でむか》える楽しさを、あらためて見つけたような気分を味わっていたのだ。

「ここはひとつ、石井料理長を信じてついていきましょう。前回、やれそうでやれなかったメニューもいくつかあるし」

乗り気な石井を後押ししたのは、もちろん、この企画《きかく》の礎《いしずえ》をつくった飯塚だ。四月初旬《しょじゅん》、桜がちらほら咲《さ》き始めた頃《ころ》のある昼過ぎ、ランチメニューが終わったあと、ロゼのメンバー全員がそろう中で、飯塚ひとりが私服だった。

彼は今日を最後に日本を発《た》ち、フランスのレストランに戻ることになっている。それをロゼの誰もが知っているから、フルメンバーが勢ぞろいしたのだ。

「反省点はいくつかありましたが、それでも初めてのクルーズ・ディナーとしては合格点でしょう。引き続き、夏や秋にも開催していけば、かならず定着するイベントですよ。それに、最初はランチに来ていた客が、ここのところぽつぽつディナーにも顔を出してくれるようになったし。いい感じじゃないですか」

「まあな。とりあえず、いまどきの若造の言うこともたまには聞くもんだな」

しれっとした顔で石井が返し、飯塚も御園も笑い出してしまう。

目線を少しずらしただけで、違う風景が目に映る。知らなかった人物が視界に入ってくる。

そんな簡単なことを、飯塚はほとんどぶっつけ本番で教えてくれたのだ。

湿《しめ》っぽい別れは似合わないと思うから、誰も言葉には出さないが、頑固な石井と堂々と渡《わた》り合える人物が明日にはもうここにいないことに、やはり当たり前の寂しさを感じて、ふと沈黙《ちんもく》が生まれてしまう。

それを破ったのは、当の石井料理長だ。

「飯塚、ありがとうな。おまえのおかげで、ロゼも新しい方向へ進める。また、かならずここに来いよ」

「はい」

「私も、楽しみにしてるよ」

石井と握手《あくしゅ》を交《か》わし、大橋支配人とも握手し、次々に差し出される手を飯塚が笑顔《えがお》で受け止めていくのを、御園は端《はし》で見守っていた。

今日はこのあと、半休を取っていて、飯塚を空港まで見送ることになっている。

「それじゃ、また。皆《みな》さん、お身体《からだ》に気をつけて」

「ああ、またな」

「飯塚さんも頑張《がんば》って」

「早く戻ってこいよ」

たった三か月でめざましい変化を遂《と》げたロゼの仲間の言葉に、笑いながら手を振る飯塚と一《いっ》緒《しょ》に、御園も店の外へと出た。

新しい季節の始まりにふさわしく、暖かな陽射《ひざ》しがあたり一面を輝《かがや》かせている。緑が日に日に輝きを増し、これから、東京はいちばん美しい時季を迎えるのだ。

――でも、飯塚はもういなくなる。明日からは、また、いつもの日々が始まる。前とはなにもかもが新しく変わっているのに、飯塚だけがいなくなる。

それが、とても寂しい。

多くの荷物は別便で送ったらしく、小型のボストンバッグだけを持った飯塚をポルシェに乗せ、ゆっくりと走った。

「どうしたんだよ。いつもみたいにぶっ飛ばさねえの?」

「別れ際《ぎわ》に気持ち悪くなられても困る」

憎《にく》まれ口を叩《たた》いたが、もちろん本意ではない。少しでも、ほんの一時でも、飯塚と一緒にいる時間を残しておきたい。

だが、変に寄り道するわけにもいかないし、のろのろ運転するのにも限界がある。

とうとう、成田国際空港に着いてしまって、駐車場《ちゆうしや》に車を停《と》めたのと同時にちいさなため息を漏《も》らしてしまったが、隣《となり》の飯塚はまるでこっちの気持ちにはお構いなしで、「いい天気だなぁ」とのんきなことを呟いている。

そろって車を降り、エールフランス航空のカウンターフロアへと向かった。

——終わるときは、あっという間だ。次にいつ会うかも約束しないで、この先どうするかなんてことも訊《き》かないで、俺はこのまま、こいつを手放すのか？

ぶらぶらと隣を歩く男の様子をひそかに窺《うかが》いながら悶々《もんもん》と悩《なや》んだが、どうにもいい考えが浮《う》かんでこない。

そうこうしているうちに飯塚はエールフランス航空で手荷物を預け、ぼうっとしている御園に笑いかけてきた。

「なに黙《だま》ってんだよ。いつものアンタらしくねえな」

「……たまには黙ってたっていいだろ」

「ま、いいけどね。搭乗《とうじょう》までもうちょい時間あるから、上の展望デッキにでも行く？」

「そうだな」

なにがそんなに楽しいのか、飯塚は終始微笑み、物慣れた感じで展望デッキへと向かう。

多くのひとびとがここから遠ざかり、離《はな》ればなれになり、また出会えることを願う展望デッキは昼日中でも結構にぎわっていた。

混雑を避《さ》けて端にあるベンチに座り、くだけたシャツ姿の飯塚が笑顔を向けてくる。

「俺と別れるのが、そんなに寂《さび》しいか？」

「……そんなわけないだろう」

「可愛《かわい》い嘘《うそ》つくのはベッドの中だけにしとけよ」

耳打ちされた艶《つや》っぽい言葉を怒《おこ》るべきか、呆《あき》れるべきか迷って、結局、半端《はんぱ》な笑い方になってしまった。

彼の言うとおり、ここまで来て本音を隠《かく》しておくことはできない。せめて、次に会えるのはいつなのかだけでも訊いておきたい。

誰にも約束できない未来を欲しいと願うその純粋《じゅんすい》な想《おも》いこそ、御園が生まれて初めて他人に抱《いだ》いたものかもしれなかった。

「おまえは……、寂しくないのか」

「べつに？」

さらっと切り返されて絶句していると、飯塚がますます楽しげに笑う。

「だって、俺とアンタはもう離れられない運命だしな。めくるめくようなエロいことまでしちゃった仲だし」

「……言うな」

「言わせろよ。アンタの脇腹《わきばら》にあるほくろまで知ってる俺だぜ。それでだな、俺の背中にあるほくろを知ってるアンタとしては、いとおしい男が二週間ほど不在のあいだ、部屋の鍵《かぎ》を預かってくれ」

耳たぶを熱くしているところに、ぽんと鍵を渡されて、目を見開いてしまった。

いま、なにを言われたのか。涼《すず》しい顔をして、飯塚はなんと言ったのか。

瞬時《しゅんじ》にかっと頭に血が上った。

「……二週間ってどういうことだ！　いとおしい男って誰のことだ!!」

「なに怒ってんだよ。たった二週間離れるのも寂しくてたまらないか？　んー、克哉ぐらいの美人に惚《ほ》れられるってのもいいもんだな。二十四年待った甲斐《かい》があるよ。俺がいないあいだ浮《う》気《き》すんなよ、とくに諏訪には気をつけろよ……って、いってえな！　マジでグーで殴《なぐ》ることねえだろうが！」

「フランスに戻《もど》るって言うから！　しばらく会えないからどうしようかと思ってたのに！　……次にいつ会えるのかってことも全然触《ふ》れないおまえが悪いんだろうが！」

「えー、これぐらい別れの演出だと思って見逃《みのが》せよ。ロゼのみんなは笑って許してくれたぜ？」

「じゃあ……他《ほか》のみんなは知ってたのか？　おまえが二週間いないだけだって……」

息を切らして怒《ど》鳴《な》り散らした次には、自分だけが取り残されていたのだと知って茫然《ぼうぜん》としてしまった。興味津々《きょうみしんしん》な周囲の視線を浴びていることにも気づけなかった。

「当たり前だろ。じゃなきゃ、次のクルーズ・ディナーの件もあそこで持ち出すわけねえだろうが。ゴールデン・ウィークのクルーズ・ディナーは、俺も参加するんだよ。今度はちゃんと、ロゼの正式シェフとして」

「でも、……でも、フランスのレストランでの契約《けいやく》があるって言ってたじゃないか」

「あー、アレな。アレは毎年、四月が更新《こうしん》時期なんだよ。で、俺は前々からこの春を機に日本に戻るつもりでいたから、今回の渡航《とこう》は、契約終了《しゅうりょう》のサインをしにいくってのがほんとうの理由。あと、向こうのアパートを片付けたり、いろいろと挨拶《あいさつ》もあるから、どうしても二週間近くかかるんだよ。許せ」

なにが「許せ」だ、バカ野郎《やろう》、二度とそのツラを俺の前に出すなと罵《ののし》るのは簡単だが、あまりにも脱力《だつりょく》してしまって、罵声《ばせい》ひとつ出てこない。

まんまとはめられた。

今回の渡航の理由を石井料理長も大橋支配人も知っていたからこそ、笑顔で、『かならずここに来いよ』『楽しみにしてるよ』と送り出したのだ。

また、戻ってくると知っていたから。

今度は、ほんとうにロゼの一員として存分に腕《うで》をふるうとみんな知っていたから、笑顔で見送ってくれたのだ。

よくよく考えれば、三か月も惜《お》しみなく力を貸してくれた男だ。本気でフランスに戻るなら送別会のひとつでもやっていたはずなのに、それもなく、あっさりした別れだった。

湿《しめ》っぽくなるのは誰《だれ》もがよけいに寂しくなるから嫌《いや》なんだろうと勝手に考えていたが、すべてはその逆。異端児《いたんじ》だった飯塚が今度は正式メンバーとして戻ってくることを、みんな、楽しみに待っているのだ。

たった二週間の不在。

十四日後には、この騒《さわ》がしい男が舞《ま》い戻ってきて、同じマンションのワンフロア下の部屋に住み、同じレストランでまたも火花を散らすことになると最初から知っていたら、ここまでこころを揺《ゆ》り動かされていただろうか。

「……バカみたいだ。俺だけ知らなかったなんて」

ぽつりと呟《つぶや》くと、さすがに悪いと思ったのか、飯塚が取りなすように顔をのぞき込んでくる。

「そう怒るなよ。向こうで旨《うま》いワインでも買ってくるから。……なぁ、機嫌《きげん》、直してくれよ。アンタの怒ってる顔って、クールビューティって言葉がしっくりはまるぐらい可愛くて好きだけどさ、たかだか二週間でも離れるのは俺としても寂しいし」

言いながら、さりげなく指を絡《から》めてくる男の手を乱暴に振《ふ》り払《はら》うと、飯塚は本気で慌《あわ》てたようだ。

「ごめん、ちょっとやりすぎた。でもよ、俺はアンタを二十四年も想ってたんだから、これぐらい、いいだろ」

「ストーカー気質で開き直るな。勝手な思い込みに俺までつき合わせるな。いい加減にしろ」

本気で顔をしかめてがたんとベンチを立つと、飯塚が急《せ》いた調子であとを追ってくる。

れよ」

「ごめんって、ホントごめん。マジ謝るから、二週間後にはまた戻ってくるから、待っててく
「なんで俺がおまえを待たなきゃいけないんだ？」

デッキの片隅《かたすみ》、ひとの気配がない場所できつい言葉を浴びせると、飯塚が困った顔で頭をかいている。

「だって、アンタと俺って……その、なんていうか、単なる同僚《どうりょう》じゃないだろ。セフレでもないし……いや、俺もお手軽なバイブレーターだと思われてたら、なんか腹立つな」

「バカなことばかり言ってるんじゃない。結局、なにが言いたいんだ」

こっちだって言いたいことはあるけれど、飯塚の答えを聞くまで絶対に口を割るものか。

「言いたいことがあるなら、はっきり言え！」

飯塚らしくなく口ごもっていることを詰問《きつもん》すると、相手も腹が据《す》わったようだ。

「頼《たの》むから、俺の帰りを待っててくれよ。俺が欲しいのは二十四年前も、いまも、アンタだけなんだよ」

「どういう言いぐさだ。俺はモノ扱《あつか》いか」

「違《ちが》う。俺の大事な恋人《こいびと》だろ。二週間後には帰ってくるから、そのときは、恋人としての『おかえり』のキスをしてくれよ」

「どうして俺がそんなことをしなきゃいけないんだ。バカらしい。子どもじゃあるまいし、な

にが恋人だ」

ぎりぎりまで意地を張れば張るほど、飯塚はむきになって捕《と》らえようとしてくれることを、いまの自分は知っている。

冷たい素振《そぶ》りを見せれば見せるほど、追い詰《つ》めてくる男だとわかっているなら、この場は徹《てっ》底《てい》的に突《つ》き放しておくべきだ。

――そうすることで、俺はおまえの中にさらに強く棲《す》む。俺の中には、もうとっくにおまえが棲んでいる。

離れても、またかならず会えるとわかっているのだから、ここで手を抜《ぬ》く必要などない。

「なぁ、そう冷たい顔すんなよ」

顎《あご》を持ち上げられて視線が交わった。

同じ歳《とし》でもこれほど軸《じく》が違う男の目の中に、本物の困惑《こんわく》と寂しさと、偽《いつわ》りない愛情を見つけたら、こっちも相手の顎を摑《つか》んで強く引き寄せるだけだ。

「甘ったるいことをやりたいなら、二週間後にしろ。……恋人としての『おかえり』のキスぐらい、いくらでもしてやるから」

最後まで言い終えないうちに、笑顔《えがお》を取り戻した飯塚に腰《こし》を引き寄せられた。御園も抗《あらが》わず、苦笑《くしょう》して逞《たくま》しい胸に身をゆだねた。

大胆不敵《だいたんふてき》で、料理の腕前もセックスも抜群《ばつぐん》の男の肩越《かたご》し、遠い向こうに大勢のひとたちがいるけれど、空港の片隅で交《か》わされる睦言《むつごと》は誰にも聞こえないはずだ。

これはささやかな秘密。日常の中にひそむ、他愛《たわい》ない内緒事《ないしょごと》。

自分たちだけに通じる声音《こわね》、言葉で、ふたりにしか約束できない出来事をこれから話そう。

二週間後に再び会ったら、今度こそ、仕事でも私生活でも妥協《だきょう》のない日々を始めるのだ。

「気をつけて行ってこい」

「愛してるよ」

ふたつの言葉は、笑い声とともに、互《たが》いのくちびるの狭間《はざま》で消えた。

あとがき

こんにちは、または初めまして。秀香穂里と申します。

今回はちょっとキャラの年齢《ねんれい》を上げて、仕事がおもしろく感じ始められる二十八歳同士の設定にしてみました。昔からなぜか、二十八歳という微妙《びみょう》な歳《とし》が好きです。一人前の大人とは言い難《がた》く、かといって新人とも言えないので、失敗をすれば当然上司に怒《おこ》られ、後輩《こうはい》にはいいところを見せたい面もあり、夢と現実の違《ちが》いを知り、失望や絶望もそれなりに味わってきたけど体力や野望はまだまだあるよ！　という感覚を、二十八歳には持っています。ものすごく個人的な妄想《もうそう》なのですが、「二十八歳萌《も》え」なのです。

で、今回はそこに、「場を読まない超絶腕前《ちょうぜつうでまえ》の強引《ごういん》野郎」と、「美形でも絶対に甘い言葉になびかないツンデレ」という要素を加え、飯塚と御園の組み合わせができあがりました。当初、飯塚はもう少しまともな性格だったのですが、「思いきってガツンといきましょう！」という担当さんの言葉に煽《あお》られ、思いきり弾《はじ》けすぎた気がしないでもないような……。でも、この飯塚にあわせて、御園のほうも「普通《ふつう》のツンデレ→超ツンデレ」になれた気がするので、結果オーライとしていただければ幸いです。

大人になりきれないけれど、いつか素敵《すてき》で、格好いい大人になりたいと夢と現実の狭間《はざま》で揺《ゆ》れる一生懸命《けんめい》な二十八歳は、これからもわたしの萌えど真ん中にあり続けると思います。

「美人」というキャラをまさしく直球で描《えが》いてくださった、挿絵《さしえ》の水名瀬雅良様。水名瀬さんの描かれる、香《かお》り立つ品格と色気、腕っ節と自信を兼《か》ね備えた男らしいキャラにずっと惚《ほ》れ続けているので、今回、ご一緒《いっしょ》させていただけて、とても嬉《うれ》しかったです。お忙《いそが》しいなか、素敵なイラストの数々、本気で惚れてしまいそうな二十八歳の男を手がけてくださったことに、こころから深く感謝申し上げます。ほんとうにありがとうございました。

担当の国井様。飯塚が勢いよく弾けられたのは、国井さんの後押しがあってこそのことです。ありがとうございました。今後ともよろしくお願い申し上げます。

最後に、この本を手に取ってくださった方へ。フレンチにイタリアン、和食に中華《ちゅうか》と「味」の世界は奥深いものの、わたし自身は、「おいしければなんでもいい」という感じなので、日常生活では限りなく粗食《そしょく》です（笑）。ひとりで食べるごはんもそれなりに好きですが、親しい友だちと気兼ねなく、あれこれ喋《しゃべ》りながら楽しく食べるごはんがいちばん好きです。そんな感じで、この一冊もさくっと気軽にお手元に置いていただければ、とてもしあわせです。

この先でも、どこかで元気にお会いできますように。

KADOKAWA RUBY BUNKO

シェフは強欲《ごうよく》につき
秀香穂里《しゆうかおり》

角川ルビー文庫　R118-3　15503

平成21年1月1日　初版発行

発行者——井上伸一郎
発行所——株式会社角川書店
東京都千代田区富士見2-13-3
電話/編集(03)3238-8697
〒102-8078
発売元——株式会社角川グループパブリッシング
東京都千代田区富士見2-13-3
電話/営業(03)3238-8521
〒102-8177
http://www.kadokawa.co.jp
印刷所——旭印刷　製本所——BBC
装幀者——鈴木洋介

本書の無断複写・複製・転載を禁じます。
落丁・乱丁本は角川グループ受注センター読者係にお送りください。
送料は小社負担でお取り替えいたします。

ISBN978-4-04-453403-5　C0193　定価はカバーに明記してあります。

©Kaori SHU 2009　Printed in Japan

KADOKAWA RUBY BUNKO

角川ルビー文庫

・いつも「ルビー文庫」を
ご愛読いただきありがとうございます。
今回の作品はいかがでしたか？
ぜひ、ご感想をお寄せください。

〈ファンレターのあて先〉

〒102-8078 東京都千代田区富士見2-13-3
角川書店 ルビー文庫編集部気付
「秀 香穂里先生」係

さあ、君のカラダを賭けたゲームを始めようか?!
英国紳士×高校生が贈るハラハラドキドキ☆極上ロマンス!!
旅行先のイギリスで騒ぎになっている怪盗ホーク・アイの正体を知ってしまった美晴。母の形見の指輪を狙われるハメになって!?
ルビー小説大賞、読者人気NO.1作品がついにデビュー♥
英国紳士の華麗なる日常
著 羽鳥有紀
Yuki Hatori
絵 水名瀬雅良
Masara Minase

ルビー文庫

めざせプロデビュー!!　ルビー小説賞で夢を実現させよう!

第10回 角川ルビー小説大賞 原稿大募集!!

大賞
正賞・トロフィー
+副賞・賞金100万円
+応募原稿出版時の印税

優秀賞
正賞・盾
+副賞・賞金30万円
+応募原稿出版時の印税

奨励賞
正賞・盾
+副賞・賞金20万円
+応募原稿出版時の印税

読者賞
正賞・盾
+副賞・賞金20万円
+応募原稿出版時の印税

応募要項

【募集作品】 男の子同士の恋愛をテーマにした作品で、明るく、さわやかなもの。
未発表（同人誌・web上も含む）・未投稿のものに限ります。

【応募資格】 男女、年齢、プロ・アマは問いません。

【原稿枚数】 1枚につき40字×30行の書式で、65枚以上134枚以内
（400字詰原稿用紙換算で、200枚以上400枚以内）

【応募締切】 2009年3月31日

【発　　表】 2009年9月（予定）＊CIEL誌上、ルビー文庫巻末などにて発表予定

応募の際の注意事項

■原稿のはじめに表紙をつけ、**以下の2項目を記入してください。**
①作品タイトル（フリガナ）　②ペンネーム（フリガナ）

■1200文字程度（400字詰原稿用紙3枚）のあらすじを添付してください。

■**あらすじの次のページに、以下の8項目を記入**してください。
①作品タイトル（フリガナ）②ペンネーム（フリガナ）
③氏名（フリガナ）④郵便番号、住所（フリガナ）
⑤電話番号、メールアドレス　⑥年齢　⑦略歴（応募経験、職歴等）⑧原稿枚数（400字詰原稿用紙換算による枚数も併記※小説ページのみ）

■原稿には通し番号を入れ、**右上をダブルクリップなどでとじてください。**
（選考中に原稿のコピーを取るので、ホチキスなどの外しにくいとじ方は絶対にしないでください）

■**手書き原稿は不可。**ワープロ原稿は可です。

■プリントアウトの書式は、必ず**A4サイズの用紙（横）1枚につき40字×30行（縦書き）**の仕様にすること。
400字詰原稿用紙への印刷は不可です。感熱紙は時間がたつと印刷がかすれてしまうので、使用しないでください。

・同じ作品による他の賞への二重応募は認められません。

・入選作の出版権、映像権、その他一切の権利は角川書店に帰属します。

・応募原稿は返却いたしません。必要な方はコピーを取ってから御応募ください。

■**小説賞に関してのお問い合わせは、電話では受付できません**ので御遠慮ください。

規定違反の作品は審査の対象となりません!

原稿の送り先

〒102−8078　東京都千代田区富士見2−13−3
（株）角川書店「角川ルビー小説大賞」係